朝日新書
Asahi Shinsho 892

名著入門

日本近代文学50選

平田オリザ

朝日新聞出版

はじめに

シェイクスピアはなぜ、今も上演されるのか?

近代とは何か、あるいは近代文学(演劇)とは何かを、演劇専攻の学生に説明するとき、私はたいてい以下のようなことを話す。

シェイクスピアは近代劇ではない。

『ハムレット』には亡霊が出てくるし、『マクベス』には魔女が登場する。ではシェイクスピア劇が現代でも普通に上演されているのはなぜだろう。シェイクスピアが登場した十六世紀末から十七世紀、エリザベス朝の時代にはロンドンで多くの演劇が上演されていた。しかしシェイクスピア以外の作品は、今はほとんど上演されない。何が他の作品と異なるのだろう。

誰もが知っているシェイクスピアの代表作『ロミオとジュリエット』は、十四世紀のイタリアを舞台に、敵対する二つの家の娘と息子が恋に落ちてしまった悲劇を描いている。十四世紀、イタリアは他の欧州諸国に先駆けてルネッサンスが始まっていた。それ以前の中世ならば、こんな物語は荒唐無稽《こうとうむけい》で誰も信じなかったが、「もしかすると人間は、家なんかに縛られずに恋愛をしてもいいのかもしれない」と考えられるようになったところにこの時代の特徴がある。

身分が固定され、自由な恋愛ができない封建社会では、可哀そうな女の子が王子様と結婚するためには、魔法使いに容姿を変えてもらう必要があった。カボチャの馬車やガラスの靴も、魔法の力で生み出される。

しかしルネッサンス以降、人々は自らの努力によって、恋愛や富や権力を獲得できるようになった。いや、なったというのは正確ではない。その可能性が生まれた。

要するにシェイクスピア劇は近代の黎明《れいめい》の時期に書かれた。イギリスがスペイン無敵艦隊を破り、のちに世界に冠たる大英帝国となる、その一歩を踏み出しはじめた時代。産業が興り、都市が生まれ、その当然の帰結として農村が破壊されていく。人々は、「もしかしたら、俺たちって、とっても自由なんじゃない？」と考えはじめる。エリザベス調ルネッサンスと呼ばれる時代だ。

新しい文学、新しい芸術は、こうした新しい秩序と共に生まれる。あるいは新しい秩序の完成途上に、その矛盾と向き合う形で生まれると言ってもいい。なぜなら、自由はそう簡単には手に入らないから。ロミオとジュリエットが非業《ひごう》の死を遂げたように。

島崎藤村は、どこが新しかったのか?

この原稿を書いている二〇二二年は、島崎藤村の生誕百五十年にあたる。代表作『破戒』は新たに映画化もされた。

本文中でも触れるが『破戒』は、日本で初めて書かれた社会派の長編小説だった。被差別部落出身の主人公は、その身分を隠して小学校の教員になる。しかし、その身分を隠すという行為自体に彼は苦悩する。

考えてみて欲しい。この内面の苦悩、いわゆる近代的自我の揺らぎは、江戸時代には成立しないものだ。封建社会では身分は固定され、被差別民たちは、そこから一歩も出ることができなかった。

明治維新が起き、人々は職業選択や居住の自由を得た。身分を超えた恋愛も可能となった。しかし実際のところはどうだったか。差別や偏見は残ったままだ。

「自由」は、明治を生きる若者にとって、きらびやかな言葉だった。しかし人々は、まだその自由の意味がよく分かっていなかった。なぜなら、その自由な「気持ち」や、そこから来る「不安」を表現する言葉を持っていなかったから。

藤村が『破戒』より前に書いた詩集『若菜集』では、主に恋愛が扱われている。当時の若者たちは、自由な恋愛と、そこから生まれるモヤモヤとした気持ちの正体も、よく分かっていなかった。『若菜集』がヒットしたのは、そのモヤモヤを少しでも言葉にしてくれたからだった。

新しい言葉の誕生

新しい言葉をつくることは明治政府にとっての急務でもあった。薩摩や長州の将校たちの命令を津軽の兵隊が理解できなければ強い軍隊はできないから。

明治の半ば過ぎまで、西洋の暦でいえば一八九〇年代の半ばまで、新しい国家の言葉をつくることと、新しい文学の言葉をつくることは矛盾するものではなかった。二葉亭四迷がロシア語を学んだのは仮想敵国ロシアを研究するためだったし、森鷗外が軍人と作家を兼ねたことも、今の私たちが思うほどには矛盾したものではなかった。

やがて二十世紀を迎え、人々は同じ日本語で政治を語り、経済を論じ、ラブレターを書き、痴話げんかをできるようになった。人々は「悲しい」「寂しい」と書かなくても、風景を描写することで、その主体の「内面」（＝気持ち）を表すことができるようになる。近代文学の誕生だ。

そして、その瞬間から、言葉は政府の敵となる。なぜなら、政治家たちは、その描写が、内面の何を表しているのか不安でたまらなくなったから。

本書の第一章から第三章までは、このような日本における近代文学の誕生を、できるだけ時代を追って書いている。

さらにその文学が大正期にある種の爛熟（第四章）を迎え、やがてファシズムの影におびえるようになる（第五章）。そして戦後文学が一挙に開化し（第六章）、日本近代文学は誕生から百年にして、ほぼ世界水準に達するものになった。

まだまだ若い日本近代文学

もともと本書は、朝日新聞読書面の連載「古典百名山」を元に加筆修正したものだ。幾人かの作家は、新たに追加もした。もとより取りこぼしもあるだろう。文中で触れた幸田露伴を筆頭に、室生犀星、中原中也、三好達治といった詩人たち。中里介山、吉川英治といった大衆文学の系譜。

戦後になると、その取捨選択は私の好みでやらせていただいたとしか言いようがない。

亡くなった作家のみを対象にするという縛りは最初からあったが、それでも埴谷雄高や小林秀雄など抜け落ちてしまった者は多い。

そもそも、この連載の依頼が私に来たのは、おそらく日本文学の百名山など誰が選んでも文句が来るので、小説家や文芸評論家ではなく、少し距離の離れた劇作家に白羽の矢が立ったのだろう。まぁ、そのような視点で大目に見ていただけると幸いだ。

第七章は、すべて書き下ろしとなった。中には毎日新聞など他の読書欄に書いた原稿を改稿したものもある。この第七章だけが、少しエッセイ風になっているのは、そのような理由による。ただもう一点、この第七章だけが文体が少し異なるのは、ここで取り上げた多くの作家たちが、直接、間接に面識があり、生の声を伺った方もいることにも由来する。かろうじて同時代を生きた作家たちの記録も残しておきたいと思った。

日本近代文学は、まだ百数十年の歴史しかない。本書を通じて、そこに関わった者たちの懊悩《おうのう》、青臭い苦悩を感じ取っていただければ幸いだ。

名著入門

日本近代文学50選

目次

第五章 戦争と向き合う文学者たち 123

第一章 日本近代文学の黎明

#『たけくらべ』

樋口一葉 ひぐち・いちよう（1872〜1896）

自我描く主題の近代性

日本の近代文学を、その黎明期からできる限り時系列で辿るというこの企画では、新聞連載当時も、さて誰から出発をしようかと悩んだあげく、まず、この人を選んだ。

樋口一葉は、浅草、吉原界隈の市井《しせい》の人々の日常を描き続けた。『たけくらべ』はその代表作だ。主人公は三人。十三歳の正太郎は一つ年上の美少女・美登利《みどり》に思いを寄せている。しかし美登利は、表向きは双方で憎まれ口をたたいて仲が悪く見える信如《しんにょ》を密かに好いていた。思春期によくあるたわいもない恋愛や痴話げんかが、全編、細やかに描かれていく。だが三人はやがて、大人への階段の門口に立つ。美登利は姉と同じ女郎《じょろう》になる宿命。信如は寺を継ぐために別の学校に進む。邪気のない遊びや喧嘩に興じていた子どもたちにも、それぞれの人生が待っている。

一葉の作品は、たしかに現代の読者には読みにくい。句読点が少なく、一文が長く、その中に会話体と地の文が混ざりあっている。さらに主語が移り変わるので、誰の視点で書

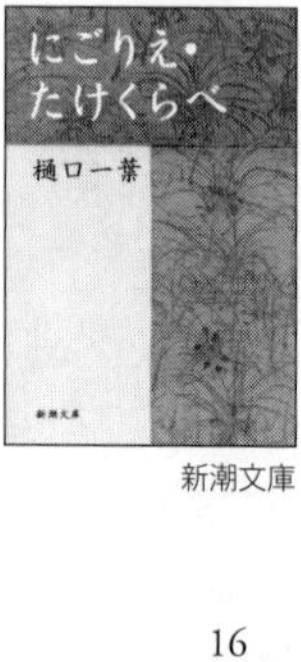

新潮文庫

かれているのかがつかみづらい。この点、近代的な文章とは言いがたい。

作品の冒頭は、こんな感じだ。


廻れば大門の見返り柳いと長けれど、お齒ぐろ溝に燈火《ともしび》うつる三階の騒ぎも手に取る如く、明けくれなしの車の行來《ゆき》にはかり知られぬ全盛をうらなひて、大音寺前《だいおんじまへ》と名は佛くさけれど、さりとは陽氣の町と住みたる人の申き、三嶋神社《みしまさま》の角をまがりてより是れぞと見ゆる大厦《いへ》もなく、(略)

こんな感じの文章が、だらだらと続いていく。

一方で一葉の作品が、森鷗外を筆頭とする新しい文学、新しい日本語を模索していた文筆家たちから圧倒的な評価を受けたのは、この「主題の近代性」にあったのではないか。最初は慣れないが、声に出して読めば、その文体のリズム感の素晴らしさも体感できる。

鷗外のような美文調ではなく平易な文体(今の私たちには平易とは感じられないが)で、人間の内面、近代的自我を描こうとした点で、一葉はたしかに日本近代文学の出発点に位置した作家だと言えるだろう。『たけくらべ』には、思春期の自我の芽生え、将来への不安と葛藤あるいは絶望がしっかりと描かれている。江戸時代までの戯作とは、明らかに一線を画す。

本作の発表は一八九五年一月、日清戦争のまっただ中だ。憲法公布（八九年）、帝国議会の開設（九〇年）と大日本帝国は体裁だけは近代国家の骨格を持ち始めた。子どもたちは等しく学校に通うようになり、四民平等、職業選択や居住、移転の自由も保障された。しかし実態はどうであったか。女郎屋の娘は女郎になり、寺の長男は跡を継がなければならない。ただ封建社会と違うのは、人々がそのことに疑問を持つ自我、内面を有してしまったという点だ。そしてこの一点が、日本近代文学の出発点となる。しかも樋口一葉は、その近代的自我が、どんな市井の庶民にも、十四、五の小娘や小僧にも宿るのだということを、すでにこの時点で明晰に喝破《かっぱ》した。

近代社会は個の時代であり、個が自我を持つ時代だということを頭では分かっていたはずの鷗外や北村透谷といったインテリたちは、一葉の文章に衝撃を受けた。そうなのだ。文学が描かなければならないのは、このような人間の内面なのだ。しかもそれを風景描写や人間の行動を通じて描くのだ。悲しい気持ちを「悲しい」と書くのではなく、状況の描写で描くのだ。

『たけくらべ』の終盤、信如との別れを悟った美登利は急に大人びて、女友達とも遊ばなくなる。さらにラストシーン、……或る霜の朝水仙の作り花を格子門の外よりさし入れ置きし者の有けり、誰れの仕業と知るよし無けれど、美登利は何ゆゑとなく懐かしき思ひにて違ひ棚の一輪ざしに入れて淋しく清き姿をめでけるが、聞くともなしに傳へ聞く其明けの日は信如が何がしの學《がく》林《りん》に袖の色かへぬべき當日なりしとぞ。

まったく、現代の幾多の青春小説の終幕と比肩しても遜色ない、素晴らしく切ない幕切れだ。ここに日本近代文学は小さな産声を上げた。

ただ、一葉自身の人生はあまりにも短かった。本作以外にも、『大つごもり』『にごりえ』といった代表作は、死の直前、「一葉、奇跡の十四ヶ月」と呼ばれる短期間に書かれている。

旧幕臣の娘として一八七二年（明治五年）に生まれた一葉は、九六年、二十四歳で短い生涯を終える。あと十年、彼女が長生きをしていれば日本文学は別の発展をしていたかもしれない。文学における女性からの視点も、もっと多様なものになっていたかもしれない。

いや、日本の近代の形さえも変わっていたかもしれない。

『舞姫』

森鷗外　もり・おうがい（1862〜1922）

近代的自我を初めて小説にした作品

近代文学は「自我」を描くために生まれた。ではその「自我」あるいは「近代的自我」とは何か？

今を生きる多くの日本人にとって「自我」とは、自己についての抽象的で幅広い概念、「自分とは何か？」という命題を指すだろう。しかしこれが文学における「近代的自我」となると、意味が少し限定される。簡単に言えば、明治期の青年たちが、西洋の合理主義と古い体制に挟まれ、自己について考え苦悩する姿を一般に「近代的自我」と呼ぶ。そして、それを初めて小説という形にしたのが、森鷗外の代表作『舞姫』だった。

主人公太田豊太郎は、将来を嘱望されドイツに国費留学した官吏だったが、貧しい踊り子エリスと恋に落ちる。出世か恋愛かという選択だけではなく、彼は小さな新興国日本を背負って苦悩する。また主人公のモデルとなった森鷗外自身には、それに加えて、「森家」という巨大な存在が双肩にのしかかっていた。

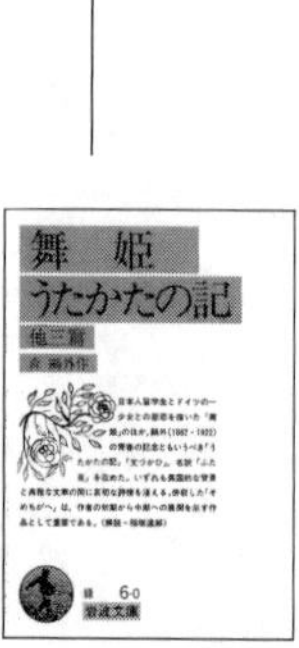

岩波文庫

この作品が書かれたのは、「たけくらべ」より早い一八九〇年（明治二十三年）。新しい国の形がおぼろげながら見えてきた時代と言えるだろうか。この頃、一定の学問を修めた青年たちは、皆、何かに戸惑っていた。自分たちは近代国家を作り、その中で様々な「自由」を得たはずだった。努力すれば出世できる世の中、身分を超えた恋愛……。しかし一方で、彼らは自分たちが家や国家に強く縛られていることにも気がついていた。そして、その戸惑いを言葉にできないことに、さらに苛立ってもいただろう。この点は前項の樋口一葉と同様だが、エリート青年たちの苦悩や苛立ちは、さらに一層複雑で屈折していた。

鷗外は、その屈折に言葉を与えた。文体はまだ古く美文調であったが、たしかに、そこに書かれている内容は、当時の青年なら誰もが共感できる苦悩だった。

小説の前半、主人公がエリスと出会う場面は、こんな描写だ。

今この処を過ぎんとするとき、鎖《とざ》したる寺門の扉に倚りて、声を呑みつつ泣くひとりの少女《おとめ》あるを見たり。年は十六、七なるべし。被《かぶ》りし巾《きれ》を洩れたる髪の色は、薄きこがね色にて、着たる衣は垢つき汚れたりとも見えず。我足音に驚かされてかへりみたる面《おもて》、余に詩人の筆なければこれを写すべくもあらず。この青く清らにて物問ひたげに愁《うれい》を含める目《まみ》の、半ば露を宿せる長き睫毛《まつげ》に掩《おほ》はれたるは、何故に一顧したるのみにて、用心深き我心の底までは徹したるか。

物語は鷗外が医学留学生（小説では法科）としてドイツに滞在した際の実話を元に描かれている。おそらく当時、エリート中のエリートである若い軍医が、国費での留学先で踊り子にうつつを抜かすというのは、大きなスキャンダルだっただろう。しかも小説の発表は最初の結婚の直後（のちに離婚）。

そもそもが主人公の太田というのが、今読めば（いや、今でなくても）、本当にひどい男なのだ。自分の悪行を美文によって「近代的自我による苦悩」のように書き記すのは、たとえば現代の女性から観れば許せないことだろう。しかし日本の近代文学は、残念ながらエリート男子の苦悩から出発した。この男性特有といってもいい露悪趣味は、やがて私小説という日本独特の文学ジャンルを形成する。

前項で「一葉があと十年生きていれば」と書いたのには、このような背景がある。歴史において「たら、れば」は、語っても詮ないことではあるが……。

さて、小説中のエリスは最後に精神を病んでしまうが、実際の彼女は鷗外の帰国後、単身、横浜まで追いかけてきた。鷗外はこの通称「エリス来日事件」をモチーフにして二十年後、『普請中』という短編を書いている。文中、自分を追いかけてきた踊り子に、主人公は冷たく言い放つ。

「（略）ロシアの次はアメリカがよかろう。日本はまだそんなに進んでいないからなあ。日本はまだ普請中だ」

彼はまさに明治という近代国家の普請中を生きた知識人だった。時代の苦悩と矛盾を一身に引き受けた「かのように」生きることを選んだ人生であった。

『かのように』は、『普請中』のさらに二年後、明治天皇崩御の年に書かれている。この小説では、主人公は「神話と歴史」の矛盾に悩む。歴史学を科学的に突き詰めていくとすれば、天皇制は虚構にまみれた「神話」に過ぎないことは明らかだ。だが明治という国家は、近代科学を推し進めつつも、天皇制という「神話」を事実であるかのように奉《たてまつ》らなければ成立しない。軍人であり、医者でもあった鷗外にとって、この矛盾は終生ついて回った。

『金色夜叉』

尾崎紅葉 おざき・こうよう（1868〜1903）

小説は「売れる」という発見

鷗外が『舞姫』を書き、一葉が短い生涯を閉じた十九世紀末、多くの若者たちが「文学とは何か？」「日本語で新しい文学は可能か？」と煩悶《はんもん》苦悩していた時期に、日本文学にはもう一つ、大きな潮流が起こっていた。今で言う「大衆文学」の路線である。

『金色夜叉』はその代表作で、新聞連載中から話題となり、のちに何度も映画化された。現代の読者の皆さんは、「来年の今月今夜、再来年の今月今夜、十年後の今月今夜のこの月を、僕の悔し涙で曇らせてみせる」という台詞で記憶している方も多いだろう。実はこれは芝居になってからのもので、原文は以下のようになっている。

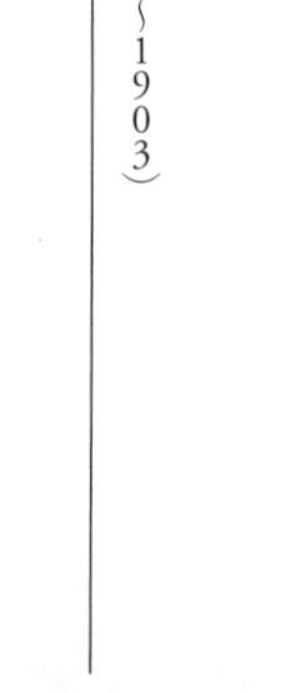

新潮文庫

「（略）一月の十七日、宮さん、善く覚えてお置き。来年の今月今夜は、貫一は何処《どこ》でこの月を見るのだか！ 再《さ》来年《らいねん》の今月今夜……十年後《のち》の今月今夜……一生を通して僕は今月今夜を忘れん、忘れるものか、死んでも僕は忘れんよ！ 可いか、宮さん、一月の

十七日だ。来年の今月今夜になつたならば、僕の涙で必ず月は曇らして見せるから、月が……月が……月が……曇つたらば、宮さん、貫一は何処かでお前を恨んで、今夜のやうに泣いてゐると思つてくれ」

私たち演劇人からすると、つかこうへいさんの名作『熱海殺人事件』も、この『金色夜叉』がなければ生まれなかったはずで、その影響は多岐にわたる。

主人公は高等中学校のエリート学生である間《はざま》貫一。彼は許嫁《いいなずけ》のお宮が金に目がくらんで富豪の息子のところに嫁ぐと聞いて激怒する。先の台詞は、その別れの場面。芝居では熱海の海岸で貫一がお宮を足蹴にしながら吐く口上だ。その後、貫一は学業を捨て金の亡者（金色夜叉）となって世間に復讐を果たそうとする。

新聞連載の開始は一八九七年。実はこの作品は紅葉の早すぎる晩年になってからの代表作だ。

だが、尾崎紅葉は若くして人気作家としての地位を確立していた。

一八六八年、維新の年、高名な根付け師の家庭に生まれた彼は、八五年大学予備門（のちの旧制第一高等学校）の同級生と硯友社《けんゆうしゃ》を結成。日本初の文芸雑誌『我楽多文庫』を発刊する。同人にはのちの言文一致運動の先駆者、山田美妙《びみょう》もいた。

やがて硯友社には川上眉山《びざん》、泉鏡花なども加わり、明治中期の一大勢力となる。四つしか年の違わない田山花袋、徳田秋声なども紅葉の門下生となった。おそらく面倒見のいい親分肌だったのだろう。

一八八八年、帝国大学在学中（のちに中退）に読売新聞社に入社。相次いで新聞小説を発表し人気を得る。九〇年代は幸田露伴と並んで「紅露《こうろ》時代」と呼ばれ近代文学の黎明期に一時代を画した。

ちなみに、かつては「露伴、漱石、鷗外」と並び称された近代文学の巨人（本来は本書でも一項を割くべきなのだが）幸田露伴は、長寿をまっとうし、一九三七年には第一回の文化勲章を受章する。露伴の文体は格調高い文語調であった。たとえば代表作『五重塔』における有名な嵐の場面の描写は以下のようになっている。

……夜半の鐘の音の曇つて平日《つね》には似つかず耳にきたなく聞えしがそも〳〵、漸々《ぜん〳〵》あやしき風吹き出して、眠れる児童も我知らず夜具踏み脱ぐほど時候生暖かくなるにつれ、雨戸のがたつく響き烈しくなりまさり……

これに対して紅葉は口語体と美文調を取り混ぜた擬古《ぎこ》文調と呼ばれる文体で、当時としては最先端の読みやすい文章だった。

ただし『金色夜叉』という作品自体は、今読むと物語の展開はご都合主義のそしりを免れず、作者が途中で亡くなって未完なことからも「不朽の名作」とは言いがたい。もちろん、ご都合主義というのは言葉を換えれば起伏に富んだエンタテイメントな展開ということでもあり、今の読者でも面白いと感じる方も多くいると思う。

それはさておき、やはりこの作品の歴史的意義は大きい。これから辿っていく明治の文学青年たちの苦悩とは別に、日本文学はもう一つ、別の鉱脈を発見した。それは、小説はうまくやれば「売れる」という発見だった。いや、それもまた、苦悩の出発点だったのかもしれないが。

『内部生命論』

北村透谷　きたむら・とうこく（1868〜1894）

人の内面表現こそ文学の役割

前項で記したように、硯友社を立ち上げた尾崎紅葉が華々しい活躍を始めた頃、一方で「文学とは何か?」「日本語で近代文学は可能か?」を真剣に悩む若い一群があった。今も名が残るところでは島崎藤村、上田敏《びん》など。そして、当時まだ二十歳前後の彼らにとって、兄貴分にあたるのが透谷だった。

透谷・北村門太郎。奇しくも紅葉と同じ明治元年（一八六八年）の生まれ。幼少期から才気煥発《かんぱつ》だったようで、十五歳にして当時華やかだった自由民権運動に参加。しかし過激化する運動にはついて行けず離脱。十九歳で洗礼を受けてキリスト教に帰依する。この年、結婚。

翌一八八九年、長編詩『楚《そ》囚之《しゅうの》詩《し》』を自費出版するが数日後に回収の上裁断。しかしこの詩集は、日本語で書かれた初めての自由律叙事詩として文学史的には極めて価値が高い。まぁ、よほど自意識の強い人だったのだろう。

岩波文庫

九一年、第二詩集『蓬莱曲』を出版。この長編詩は劇詩として書かれた。たとえば、一幕の終盤はこんな感じだ。

清　こはいかに、わが君狂《きみくる》ひたまふか？
　いづこへや行き玉ふなる。
素　狂ひはせず、静《しづ》かに家《いへ》に帰るなれ、われを捨ておけ、汝《いまし》は行きて、
ひとやのうちの家《いへ》を守れかし。
おさらばよ、かねて背《そむ》きしたらちねにも！
清　否、いづこへなりと従《したが》はしてよ、君が為には何にか惜《おし》まん。
素　否よ、否よ、われひとりならでは……雲《くも》の中《うち》には件《つれ》は要なし。
いざや、いざや、別《わか》れぞ、別れぞ、生別《いきわか》れとも、死別《しにわか》れとも
ならばなれ！

だが、残念ながら、この劇詩は上演はされなかった。
九三年『文學界』を創刊。ロマン主義の牙城となる。透谷に私淑していた藤村の他、樋口一葉の『大つごもり』『たけくらべ』もここに掲載された。

特に、この『内部生命論』は当時の若い文学青年たちに大きな影響を与えた。透谷は、その一連の著作で、人間には「内面」というものがあり、それを表現するのが文学の役割だと記す。これは当時、とても新しい感覚だった。透谷は旧来の勧善懲悪の戯作や、当時勃興しつつあった大衆文学（尾崎紅葉に代表される）を鋭く批判し、そこに描かれているのは「恋愛」ではなく、単なる肉体の欲情に過ぎないと喝破した。今の私たちから見れば、それはそれで単純すぎる断罪のようにも思うが、一部の急進派の若者たちから透谷は圧倒的な支持を集めた。

しかし透谷は、自らの文学論にかなうだけの作品は残せなかった。批評家、理論家としての評価が高まる一方、その理想を実現する作品を書けなかったことは大きなプレッシャーだったかもしれない。時あたかも日清戦争前夜、自由民権運動の灯は消え、世論は国権主義、国粋主義へと急激に傾いていった。

翌九四年、透谷は新しい文学の概念だけを予言して、二十五歳の若さで縊死《いし》する。残された者たちの衝撃は大きかった。彼は日本文学史上最初の殉教者となった。実際には、おそらく透谷は、今で言ううつ病などの精神障害だったと思われるが、当時の同輩たちはそうは考えなかった。

小説や詩を書けないという苦悩だけで人は死に至る。いや、文学は死に値するほどの崇高なものなのだと透谷は身をもって後続の者たちに示した（と藤村たちは思った）。これからのち百年近く、三島由紀夫、川端康成に至るまで日本文学は多くの殉教者を生む。北村透谷は、その先駆けとなった。

イエス・キリストに象徴されるように、殉教した者の残した予言は強い。

透谷の文章は、たしかに読みづらい。

人間の内部の生命なるものは、吾人《ごじんこ》之れを如何《いか》に考ふるとも、人間の自造的のものならざることを信ぜずんばあらざるなり。

こんな感じの、肯定だか否定だか一読では読み取れない、今の基準で言えば悪文が並ぶ。だがおそらく、この難解な文章さえも、当時の若者たちにとっては格好良く映ったのだろう。それはのちに、様々な解釈を生み、常に文学論争の出発点にもなった。

『文學界』創刊の頃、若き藤村たちは毎晩のように透谷を囲んで議論を交わした。「文学とは何か」「人生とは何か」「人はなんのために生きるのか」「真実の愛とは何か」……。

明治近代文学における透谷の影響は計り知れない。多くの若者たちが透谷のように生きたいと思った。透谷の書けなかった小説を書きたいと考えた。

『浮雲』

二葉亭四迷 ふたばてい・しめい（1864～1909）

言文一致による初の日本近代文学

新潮文庫

北村透谷が文学に対する煩悶の末に自死する以前に、透谷とは別の角度から新しい文学を模索し挫折した男がいた。二葉亭四迷である。もちろんこの名は筆名で「（こんな自分は）くたばって仕舞え」という自虐から来ている。この名の由来があらわす通り、彼はとてもナイーブで自分に対して厳しい男だった。本名は長谷川辰之助。一八六四年の生まれだから透谷や紅葉よりは四つ年上ということになる。

代表作にしてデビュー作の『浮雲』。主人公内海文三は自意識ばかりが高く要領の悪い男で、そのために官吏の職を失い、慕っていた女性も友人に取られそうになる。この『浮雲』は、言文一致で書かれた日本で最初の近代文学ということになっている。試みに抜き書きをしてみると、その文体は以下のような感じだ。

文三には昨日お勢が「貴君《あなた》もお出《いで》なさるか」ト尋ねた時、行かぬと答えたら、「へーそうですか」ト平気で澄まして落着払ッていたのが面白からぬ。文三の心持では、成ろう事なら、行けと勧めて貰《もら》いたかッた。それでも尚《な》お強情を張ッて行かなければ、「貴君と御一所でなきゃア私も罷《よ》しましょう」とか何とか言て貰いたかッた……

たしかにこれなら声に出して読んで、それを聞いているだけでも解る。

もう一点、『浮雲』が画期的だったのは、勧善懲悪ではなく、筋と言えるほどのものも（それまでの戯作に比べると）明確にはなく、ひたすら主人公の内面の葛藤が描かれていくところにあった。文学を志す多くの若者は『浮雲』の登場に衝撃を受けた。いよいよ新しい時代が来ると人々は期待した。しかし当の二葉亭四迷だけは、まったくこの作品に満足できず、いきなり筆を折ってしまう。

四迷は新しい文体を得たが、それで何を書けばいいのかが分からなかった。彼はロシア語に堪能で、当時、西洋近代文学の頂点を極めつつあったロシア文学に精通していた。それとの対比から、己の力のなさを自覚していたのだろう。

そもそも彼がロシア語を学んだのは文学のためではなかった。当時の、極めて平均的な愛国者であった青年長谷川辰之助は、陸軍士官学校を受験するも近眼のために三度、不合格となり、それならばと対露防衛のためにロシア語を学ぼうと決意したのだ。しかし次第に仮想敵国ロシアの文学に惹かれるようになっていくのが明治という時代の面白いところだ。

八六年から坪内逍遥に私淑。処女作『浮雲』は当初、坪内の名で刊行されている。前述の通り『浮雲』は当時の文壇に大きな影響を与えたが未完に終わる。八八年に刊行したツルゲーネフの短編集『猟人日記』からの翻訳「あひゞき」はさらに話題となり、その自然描写の文体は国木田独歩、田山花袋など多くの若手作家に受け継がれていく。

しかし四迷本人は愛国の念断ちがたく内閣官報局や海軍大学校に勤務。日露戦争前夜のモスクワにも滞在している。

繰り返すが、四迷は新しい文体を生み出したが、その途端に、自分には小説に書くべき内容がないと考えた。ツルゲーネフの『猟人日記』は広大なロシアの風土、自然の描写を背景にしながら、その中に悲惨な農奴の困窮を描く。ロマノフ王朝第十二代皇帝アレクサンドル二世は皇太子時代にこの小説を読んで感動し、即位後「農奴廃止令」を発布する。四迷は自分の書く文学に、それほどの力があるとはどうしても思えなかった。いや、日本語で、それほどの小説が書けるとは信じられなかった。

四迷が文学の世界に戻ってくるのは『浮雲』から約二十年後、朝日新聞社に入社してからになる。『其面影』『平凡』とヒット作を書いたのち、日露戦後、革命前夜のロシアに新聞特派員として駐在。しかし冬のサンクトペテルブルクの寒さに耐えられず肺結核を発病、急遽帰国となる。

一九〇九年四月十日にロンドンを発つも船上で様態が悪化、五月十日ベンガル湾上で逝去。享年四十五。遺体はシンガポールで荼毘に付された。死後、当時朝日新聞の校正係だった石川啄木が、二葉亭四迷全集の編纂《へんさん》にあたったことはよく知られている。

四迷は三つの小説しか残さなかったが、その影響は極めて大きかった。二葉亭四迷が残した文体、北村透谷が残した理念、それらが融合する一九〇〇年代後半に、この偉大な先駆者は死を迎えた。

五月三十日、神戸経由で遺骨が新橋に到着。六月二日の葬儀には漱石、鷗外ら名だたる文士たちが集まった。

『小説神髄』

坪内逍遥 つぼうち・しょうよう（1859〜1935）

西洋近代を知る知識人の悲哀

ここで少しだけ、時間を遡《さかのぼ》る。

一八八四年、二十代半ばにしてシェイクスピアの『ジュリアス・シーザー』の翻訳を出版した坪内逍遥は、翌八五年、評論『小説神髄』を発表する。

　小説の主脳は人情なり、世態風俗《せいたいふうぞく》これに次ぐ。（中略）人情とは人間の情慾《じょうよく》にて、所謂《いわゆる》百八煩悩是《こ》れなり。

と坪内は宣言した。これから書かれるべき小説は、勧善懲悪ではなく、人間の心理（これを坪内は人情と呼ぶ）を直接描写しなければならない。

坪内はこの年、春のやおぼろという筆名で、その主張の具現化である『当世書生気質』も発表。一躍、文壇の寵児《ちょうじ》となった。だが、残念なことに、この『当世書生気質』は、

岩波文庫

まだ近代小説の形には至らず、坪内の提示した課題は二葉亭四迷によって批判的に継承されていく。先に記した通り、四迷は『浮雲』を最初期には坪内の本名を借りて出している（一八八七年）。微妙な師弟関係であった。

坪内は四迷の批評を受け入れ、このあと小説を離れて演劇の世界へと進む。自分の限界には自覚的な人であった。

一九〇六年、島村抱月らと文芸協会を創設。のちの新劇運動の先駆けとなる。

本来、本章の最初に取り上げるべき坪内を今まで後回しにしたのは、ここに理由がある。私たち劇作家からすれば、やはり彼は演劇の人だから。実際、早稲田大学演劇博物館には「坪内博士記念」の名が冠されている。

ただ、文芸協会はあっけなく破綻する。もともと学生劇団に毛の生えたような素人集団だったところに、島村抱月と女優松井須磨子の恋愛沙汰（不倫）が絡んで組織は崩壊した。残った借財は坪内がすべてしりぬぐいする。

芸術的な路線対立もあった。坪内逍遥は全訳に取り組むほどに、シェイクスピアに入れ込んでいた。つくりたいお芝居は娯楽色の強いエンタテイメント。一方で欧州で最先端の舞台芸術に触れてきた島村抱月は、新潮流の自然主義イプセンやチェーホフをやりたかった。だが素人集団に学者気質の抱月の演出では限界があった。

ちなみに同じ時期、演出家小山内薫と歌舞伎俳優市川左團次が率いる自由劇場という勢力もあった。こちらの演出は最先端の自然主義、旗揚げ公演はイプセンの『ジョン・ガブリエル・ボルクマン』を森鷗外訳で上演した。しかし歌舞伎役者たちに自然主義は合わない。日本の近代演劇は、このような不幸なすれ違いから出発した。

文芸協会の崩壊を機に、坪内は演劇界の本流からも少し距離を置く。津野海太郎さんが坪内の評伝を「滑稽な巨人」と名付けたように、おそらく彼は、おっちょこちょいで、あわてんぼうだった。しかしそれは、「西洋近代」という答えを先に知ってしまっている当時のすべての知識人の悲哀でもあった。

近代文学も近代演劇も、坪内の頭の中では完成されたものだった。だが、それを実現する術を彼は持っていなかった。

そんな坪内逍遥自身の生涯も面白いのだが、その翻訳の変遷を見ると、日本の翻訳文化の進化も窺《うかが》える。一八八四年の『ジュリアス・シーザー』、ブルータスの演説の場面は以下のようだった。

ヤオレ人々静まり候へ。某が演説を終わるまで、謹しんでお聴きなされ、イカニ同胞羅馬府民諸君、某只今此処にて、我丹心を説明なせば、暫時の間静聴ありて、国家を患ふる舞妻多須《ぶるうたす》が、微衷の程を賢察下され。

この七五調の訳文からちょうど五十年後、一九三四年に坪内逍遥は、同じ『ジュリアス・シーザー』を以下のように訳している。

済むまで静粛にして下さい。……ローマ人よ、国人よ、親友諸君よ！　予《わたし》の理由を聴いて下さい、理由を聴くために静粛にして下さい。予の人格を信じて下さい、信じて下さるために予の人格に重きを置いて下さい。

参考までに、近年のシェイクスピア訳もあげておこう。同じ箇所をさらに五十年後に小田島雄志先生が訳したものの抜粋である。

最後までご静聴願いたい。ローマ市民、わが同胞、愛する友人諸君！　私の話を聞いていただきたい、また聞くためには静かにしていただきたい。私の名誉にかけて私のことばを信じていただきたい、また信じるためには私の名誉を重んじていただきたい。

（『ジュリアス・シーザー』白水uブックス）

第二章

「文学」の誕生

『武蔵野』

国木田独歩 くにきだ・どっぽ（1871〜1908）

風景描写で語られる近代的自我

二葉亭四迷がツルゲーネフの『猟人日記』からとった「あひゞき」は多くの若者に強い影響を与えた。国木田独歩もその一人だった。一八九八年、『武蔵野』（当時の題名は『今の武蔵野』）を執筆。文学史的な位置づけとしては、言文一致体で書かれた最初の随筆と言ってもいいだろう。明治の近代小説がそうであったように、ここにも「近代的自我」が登場する。

もちろん『枕草子』『徒然草』以来、日本には長く、すぐれた随筆文学の歴史がある。しかしそこに書かれているのは、作者の感想に過ぎない（と明治の文学青年たちは考えた）。『武蔵野』では風景を描写するだけで、作家の内面の寂しさや哀しさが伝わってくる（と青年たちは感じた）。「寂しい」「悲しい」とことさらに書かなくても、作家の心情が痛いほど解る。これはやはり、画期的なことだった。

新潮文庫

鳥の羽音、囀《さえず》る声。風のそよぐ、鳴る、うそぶく、叫ぶ声。叢《くさむら》の蔭、林の奥にすだく蟲《むし》の音。空車荷車の林を廻り、坂を下り、野路を横ぎる響。蹄で落葉を蹶《け》散《ち》らす音、これは騎兵演習の斥候か、さなくば夫婦連れで遠乗に出かけた外国人である。何事をか声高に話しながらゆく村の者のだみ声、それも何時《いつ》しか、遠かりゆく。独り淋しそうに道をいそぐ女の足音。遠く響く砲声。隣の林でだしぬけに起る銃音《つつおと》。自分が一度犬をつれ、近処の林を訪《おとな》い、切株に腰をかけて書《ほん》を読んで居ると、突然林の奥で物の落ちたような音がした。足もとに臥《ね》て居た犬が耳を立ててきっとその方を見詰めた。それぎりで有った。多分栗が落ちたのであろう、武蔵野には栗樹《くりのき》も随分多いから。

ただし『武蔵野』は、世間一般ではあまり高く評価はされなかった。ここに記したように広葉樹林の描写が淡々と続くだけだから、それは当然のことだったろう。文壇での評価は高まっていったが、独歩自身は四迷と同様、やはり「書くべきものがない」という想いがあった。

国木田独歩、本名は哲夫。一八七一年の生まれ。十六歳で山口から上京し東京専門学校(今の早稲田大学)に入学、やがて文学に目覚める。九一年、十九歳で受洗、学校は退学。紆余曲折ののち九四年、徳富蘇峰の主宰する国民新聞に入社。日清戦争に従軍して一躍、記者としての勇名をはせる。

九六年、渋谷村に居を移して本格的に作家活動を始める。『武蔵野』は当時、彼が毎日のように散策した渋谷から小金井のあたりまでの風景が描写されている。

文学だけでは生計が立てられず、九八年には新聞記者に復帰。一九〇一年『牛肉と馬鈴薯』を発表。この作品は全編の大半が会話体で書かれている。

「何だね、その不思議な願と言うのは？」と近藤は例の圧《お》しつけるような言振《いいぶり》で問うた。

「一口には言えない」

「まさか狼《おおかみ》の丸焼で一杯飲みたいという洒落《しゃれ》でもなかろう？」

「まずそんなことです。……実は僕、或少女《むすめ》に懸想《けそう》したことがあります」と岡本は真面目で語り出した。

「愉快々々、談愈々《いよいよ》佳境に入《い》って来たぞ、それからッ？」と若い松木は椅子を煖炉《ストーブ》の方へ引寄た。

「少し談《はなし》が突然《だしぬけ》ですがね、まず僕の不思議の願というのを話すにはこの辺から初めましょう。その少女はなかなかの美人でした」

「ヨウ！　ヨウ！」と松木は躍《おどりあが》上らんばかりに喜こんだ。

ここから独歩は、ロマン派の旗手から自然主義の先駆者へと華麗な転身を遂げる。しかし彼の登場は早すぎた。周囲には好評を得るが、やはり、まだ世間からの評価はさほどではない。

やがて独歩は、今のグラフ誌の走りとなる『婦人画報』などを創刊、編集者としても才能を発揮し多くの雑誌の編集長を兼務した。しかし日露戦争後の出版不況で会社は倒産。独歩自身も肺病を病み、茅ヶ崎の療養所に入所することとなる。治療費捻出のため、田山花袋、二葉亭四迷などが文章を寄せて『二十八人集』を刊行。しかし病状は好転せず三十六歳で早逝する。

皮肉なことに、死の前後から独歩の評価は高まり、自然主義運動の中心的存在と目されるようになった。その葬儀は、当時の文壇の主立った者を集め盛大だったという。まさに早すぎた天才の死だった。明治近代文学は、また一人、殉教者を生んだ。

『病牀六尺』

正岡子規　まさおか・しき（1867〜1902）

写生文の発見と完成

二葉亭四迷が新しい日本語の文体を生み出し、それを使って国木田独歩が『武蔵野』を書き随筆の新境地を開いた頃、もう一人、東京の片隅で、病に伏せながら、日本語の散文を大きく前進させた男がいた。正岡子規である。

俳句、短歌の革新ですでに名をなしつつあった子規は、日清戦争への従軍記者としての参加という無理がたたって、持病の結核を悪化させ外出もままならない身体となった。

子規は、東京・根岸の小さな家に母と妹と暮らし闘病生活を続ける。結核菌が背骨に入り脊椎《せきつい》カリエスを発症して、やがて寝返りも打てないほどの重症となった。また、その痛みもすさまじかったようだ。しかし彼は、その寝たきりの小さな六畳一間から世界を描写する。

病床六尺、これが我世界である。しかもこの六尺の病床が余には広過ぎるのである。

岩波文庫

子規は、病床から観る風景を克明に描写していく。何を食べ、何を飲み、誰に会ったか、主観を排した淡々とした記述が、逆に世界の広がりと、そこで懸命に生きる人間のけなげさを浮き彫りにする。

俳句・短歌を確固とした文学の領域に位置づけた改革者として、子規は歴史に名を残した。しかし明治近代文学史の視点で語るなら、正岡子規のもう一つの功績は、この「写生文」の発見と完成にあった。

観たまま、聴いたまま、そして思ったままを言葉にする。今では当たり前のことのようだが、それは当時の日本語では、とても難しいことだった。子規はそれを、病床の六畳間から、のびのびとやってのけた。

以下は、その子規の風景描写の頂点とも言える「夏の夜の音」からの抜粋。

北側に密接してある台所では水瓶の水を更ふる音、茶碗、皿を洗ふ音漸く止んで、南側の垣外にある最合《もあひ》井の釣瓶《つるべ》の音まだ止まぬ。

垣の外に集まりし小供の鼠花火、音絶えて、南の家の小供は自分の家に帰つた。南東の藻洲氏の家では子供二人で唱歌を謳ふて居る。はては板の間で足拍子取ながら謳ふて居る。

南の家で赤子が泣く。

南へ一町ばかり隔てたる日本鉄道の汽車は衆声を圧して囂々《がうがう》と通り過ぎた。

蛍一ついづこよりか枕もとの硯箱に来てかすかに火をともせり。母は買物にとて坂本へ出で行き給へり。

上野の森に今迄鳴いて居た梟ははたと啼き絶えた。

最合井の辺に足音がとまつて女二人の話は始まつた。

一口二口で話が絶えると足音は南の家に這入つた。

例の唱歌は一旦絶えて又始まつたが今度は「支那のチヤン〳〵坊主は余ッ程弱いもの」といふ歌に変つた。しばらくして軽業の口上に変つた。同時に二三人が何やらしやべつて居る。終に総笑ひとなつた。

列車の少い汽車が通つた。

午後九時より十時迄
東隣の家へ、此お屋敷の門番の人が来て、庭へ立ちながら話してすぐ帰つた。

南の家で、窓から外へ痰を吐いた。

誰やら水汲みに来た。

障子を閉さしむ

彼は多くの弟子を育てたが、夏目漱石を文学の道に引きずり込んだことも後世への大きな功績だろう。

正岡子規、本名常規《つねのり》、幼名を升《のぼる》といった。愛媛松山の生まれ。青雲の志を持って上京し東大予備門（のちの旧制一高）に入学するが、生来の落ち着きのない性格で勉学に集中できない。

夏目漱石・南方熊楠・山田美妙らと同期、同窓となり、特に漱石を生涯の友とした。また同郷の秋山好古《よしふる》、真之《さねゆき》兄弟との交流は司馬遼太郎の『坂の上の雲』に詳しい。

大学を中退してのち本格的な文筆活動に入り、まず俳句において写実、写生の重要性を指摘。『歌よみに与ふる書』では、古今集を批判し万葉の時代に立ち返ることを提唱した。実作とともに評論活動を活発に行い後進を育て俳句、短歌を近代文学の中に位置づけた。

晩年、ロンドン留学中の漱石と交わした書簡は興味深い。子規は病床の中で日常の描写を行い、偏屈な漱石は愚痴ばかりを書いてよこす。しかし子規が最期を迎えるとき、弱音を吐いた手紙を送り、それに対して漱石はロンドンの楽しい風景を書いてよこす。漱石もまた、この手紙のやりとりの中で、新しい文体を発展させていく。子規は一九〇二年、三十四歳で亡くなる。日本文学の夜明けを準備したような一生であった。

『三酔人経綸問答』

中江兆民 なかえ・ちょうみん（1847〜1901）

政治の世界で際立った文学性

私は哲学を志して大学に入ったのだが、地道な研究や語学が苦手なこともあり、少し日《ひ》和《よ》って近代日本社会思想史という分野を専攻した。明治の近代化と、それを支えた思想家たちが研究対象で、卒業論文の対象は中江兆民。卒論の表題は『日本ニ哲学ナシ』という青臭いものだった。これは兆民の最晩年の著作『一年有半』の一節からとっている。

中江兆民は喉頭癌で余命一年半と宣告されてから、随筆集『一年有半』を書き（一九〇一年）、さらに「わが日本 古《いにしえ》より今にいたるまで哲学なし」と喝破して、本邦初の本格的な哲学書（となるはずの）『続一年有半』に挑んだ。だが残念ながら『続一年有半』は中江自身が希求したほどの学問としての厳密性からはほど遠く、一部破綻さえしている。余命幾ばくもない兆民に、それだけの仕事を期待するのは無理だったのかもしれない。

一方、一八八七年（明治二十年）に書かれた『三酔人経綸問答』の生き生きとした筆致はどうだ。当時の政治思想の迷走が、そのまま、滋味あふれる豊かな日本語で綴られている。

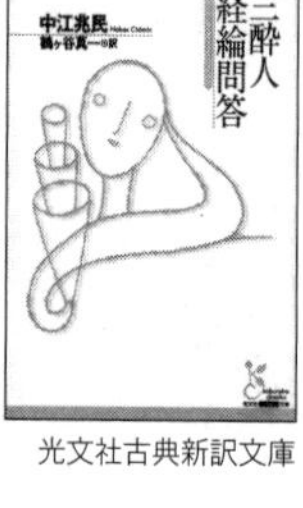

光文社古典新訳文庫

『三酔人経綸問答』は題名の通り、三人の酔っぱらいが国家を論じる体裁で進んでいく。国権主義を代表し海外進出を主張する豪傑君。理想論的な民主主義論、非戦論を唱える洋学紳士。そしてそれを、当時の日本の現状に合わせ、現実的に調停しようと試みる南海先生。

いずれにも中江兆民の姿が偏在し、その苦悩が対話の端々にうかがえる。明治の文学青年たちが、内面だ言文一致だと右往左往していた頃に、政治の世界でこれだけの文学性を持った作品が生まれていたことは驚嘆に値する。

　且つ世の所謂《いわゆる》民権なる者は、自《おのずか》ら二種有り。英仏の民権は恢復的の民権なり。下より進みて之《これ》を取りし者なり。世又一種恩賜《おんし》的《てき》の民権と称す可《べ》き者有り。上より恵みて之《これ》を与うる者なり。恢復的の民権は下より進取するが故に、其《そ》の分量の多寡は、我の随意に定むる所なり。恩賜《おんし》的《てき》の民権は上より恵与《けいよ》するが故に、其《そ》の分量の多寡は、我の得て定むる所に非《あら》ざるなり。若《も》し恩賜《おんし》的《てき》の民権を得て、直ちに変じて恢復的の民権と為《な》さんと欲するが如《ごと》きは、豈《あに》事理の序《ついで》ならん哉《や》。

このくだりは有名な、革命によって獲得した「恢復的な民権」と、政府の裁量の範囲で与えられた「恩賜的な民権」の違いについて述べた箇所だ。

中江兆民は土佐・高知の産。黒船来航以前、一八四七年の生まれだから、漱石などよりは、よほど年上になる。幼少の頃に坂本龍馬に会ったという逸話も残っている。

若くしてフランス語を学び、二十四歳で岩倉使節団に随行、アメリカから欧州に渡ったのち、フランスに二年ほど残る。帰国後、ルソーの『社会契約論』の漢文訳『民約訳解』を刊行するなどして名をなし、後年は「東洋のルソー」とも呼ばれた。

二十七歳で東京外国語学校学長に就任するも文部省と対立してすぐに辞職。やがて自由民権運動の理論的支柱となっていく。一八九〇年第一回衆議院議員選挙に当選。民権派の大同団結を図るも数々の裏切りにあって議員を辞職。奇人であり、切れやすい性格でもあったのだろう。八九年に発布された大日本帝国憲法が、前記の「上からの恩賜的な民権」であることに絶望したのも原因の一つだったようだ。

「昨日民権、今日国権」と呼ばれるように、九〇年代に入ると民権運動、立憲運動は下火になり国粋主義が台頭する。『三酔人経綸問答』で言えば、豪傑君だけが世にはびこる状態に、兆民は徐々に不機嫌になり、厭世的になっていく。

だが、冒頭記したように、喉頭癌で余命一年半と宣告を受けてから、俄然、作家、思想家としての生命力を取り戻し『一年有半』『続一年有半』を執筆する。特に『一年有半』

は当時としては異例のベストセラーとなった。

同じ時期、やはり病床に伏していた正岡子規が、その売れ行きに嫉妬して『一年有半』への批判を新聞に立て続けに書いている。二人とも明治という時代を代表する奇人と言っていいだろう。兆民の死は一九〇一年（明治三十四年）十二月、享年五十四。子規は、その九ヶ月後、〇二年の九月に三十四歳で亡くなっている。どちらも最後まで筆を離さない壮絶な死だった。

中江兆民は、坂本龍馬から幸徳秋水に連なる高知の大らかなリベラリストたちの系譜の中核に位置する。だが一方で、兆民が政治ではなく文学を志していれば、日本文学は別の発展の仕方をしていたかもしれないと考えるのは妄想に過ぎるだろうか。

ちなみにこの時期、明治政府を支えた薩長土肥出身の作家はほとんどいなかった。詩人の大町桂月《けいげつ》が唯一の例外だろうか。幕末雄藩の出身者たちは、優秀な人物なら皆政治や経済、あるいは軍人として出世できた。明治の文学は、旧幕臣や佐幕派の侍の師弟たちが支えていた。

『破戒』

島崎藤村　しまざき・とうそん（1872〜1943）

社会課題を文学にした近代小説

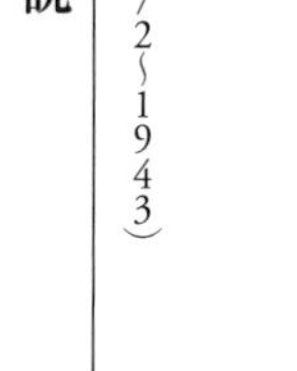

新潮文庫

一八九七年、二十五歳で刊行した『若菜集』は、当時の若い文学者たちから圧倒的な支持を集めた。北村透谷が予言した「ラブ」（＝純愛）を見事に言葉にしたからだ。明治維新から三十年、封建社会は壊れ、身分を超えた恋愛が形だけは可能となった。しかしまだ若者たちは、内面に宿るモヤモヤとしたその気持ちを言葉にすることはできなかった。

まだあげ初《そ》めし前髪《まへがみ》の
林檎《りんご》のもとに見えしとき
前にさしたる花櫛《はなぐし》の
花ある君と思ひけり

（『若菜集』「初恋」より）

文学青年たちは、なるほど、これが自分の心に宿る不安やときめきの正体だと感じた。

透谷が提唱した「観念」が、見事に具体的な言葉として眼前に現れた。ちなみにこの「初恋」は今、Ｖ－Ｔｕｂｅｒ（Virtual YouTuber）が歌にしてヒットしているらしい。

さて、『若菜集』で一躍ロマン主義の旗手としての名声を獲得した島崎藤村だが、しかしその数年後から長野県小諸で雌伏《しふく》の時を過ごす。約六年の呻吟《しんぎん》の中で藤村は詩と決別し、小説家として生きる覚悟を決めた。そして、その大きな決意と野望を持って、『破戒』の原稿の一部を懐に抱え、再度の上京を果たす。

一年後の一九〇六年、栄養不良で子どもを相次いで失うほどの困窮の末に、『破戒』は自費出版の形で世に問われる。刊行後、本作はたちまち大きな反響を呼んだ。一青年の近代的自我の苦悩を言文一致体で表現するという、明治の文学青年たちが目指した理想が、ついに、ここに見事に結実したからだ。またそれは、藤村の師であり同志であった北村透谷が目指しながらなし遂げられなかった「近代小説」の一つの完成形でもあった。

まったく同じ時期に『坊っちゃん』を書き上げていた夏目漱石は、『破戒』の初版本を一気に読み、「明治の代に小説らしき小説が出たとすれば破戒ならんと思う」と森田草平宛の手紙で、その興奮を伝えている。

もう一点、この作品が画期的だったのは、被差別部落問題という社会課題を、文学の形で取り上げた点にある。

部落出身の主人公・瀬川丑松《うしまつ》は、その生い立ちを隠し小学校の教員となった。しかし、徐々にその出自が明らかになり、また丑松の自我も、自分の身分を隠すことを許せなくなっていく。この苦悩は、封建社会が崩れ就労の自由を得たからこその悩みだ。

新しい文体を手に入れたが、そこに書くべきものが見つからない。二葉亭四迷や国木田独歩が抱えた苦悩を、藤村は乗り越えた。小説は単に人間の内面を描くだけではなく、それを通じて社会変革を訴えることもできる装置となった。

『破戒』における被差別部落問題の取り上げ方には、もちろん限界もあった。戦前は多くの改訂がなされて出版されたが、現在は注釈や解説を付けながら、初版を底本とした出版が主となっている。

それでも『破戒』の文学的価値は失われることはない。いやむしろ、ヘイトスピーチが横行し、ネット上でも差別的な言動が普通にまかり通ってしまう現在、もう一度読み返されるべき作品だと私は思う。

一八七二年に生を受けた藤村は、同時代の作家としては異例なほどの長寿をまっとうし一九四三年、七十一歳でその生涯を閉じた。日本ペンクラブの初代会長など、名実ともに明治から昭和までの文壇の中心にあった。しかし最晩年は、東条英機の発した「戦陣訓」の文案作成に関わるなど晩節を汚す。

『破戒』と並ぶ藤村の代表作は、日本で最初の本格的な歴史小説『夜明け前』だ。

木曽路《きそじ》はすべて山の中である。あるところは岨《そば》づたいに行く崖《がけ》の道であり、あるところは数十間の深さに臨む木曽川の岸であり、あるところは山の尾をめぐる谷の入り口である。一筋の街道《かいどう》はこの深い森林地帯を貫いていた。

藤村のふるさと木曽・馬籠《まごめ》を舞台に、実父を主人公のモデルとした本作は、戦前の日本文学を代表する長編小説である。

実話とはいえ、中山道の古い宿場町という舞台設定がすぐれている。幕末から明治の新時代、あらゆる情報が少しずつだけずれて、この山間の町にもたらされる。そして、その情報のずれが主人公・青山半蔵に悲劇をもたらす。国学狂いの半蔵は、古代のような天皇親政の政治を夢見ていた。しかし実際の明治政府は西洋化に邁進《まいしん》し、半蔵の期待はもろくも崩れる。半蔵は非業の死を遂げる。

島崎藤村は、最後まで明治近代の矛盾と向き合った作家であった。

『坊っちゃん』

夏目漱石　なつめ・そうせき（1867〜1916）

言文一致の日本近代文学の完成

島崎藤村が『破戒』を刊行し、日本近代文学がその黎明期を終えようとしていた一九〇六年、ちょうど同じ時期に夏目漱石は二作目の中長編『坊っちゃん』を書き上げた。英国留学中から発症した神経衰弱の緩和の方策として筆任せに書かれた処女作『吾輩は猫である』。幻想的ではあるが、いささか高踏的に過ぎる短編『倫敦塔』。それらに続く作品となる『坊っちゃん』は、構成もしっかりとしており、初期の代表作と呼ぶにふさわしい。

後年の重々しい作品群とも異なり、軽妙洒脱、文体のリズムも弾み、ここに『破戒』と並んで、まったく別の形で言文一致の日本近代文学が完成を見せたと言える。

親譲《おやゆず》りの無《む》鉄砲《てっぽう》で小供の時から損ばかりしている。

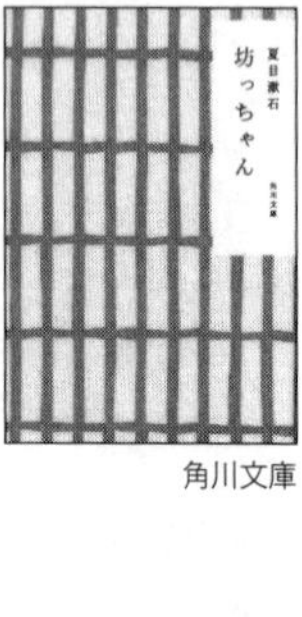

角川文庫

という書き出しから、

だから清の墓は小日向《こびなた》の養源寺にある。

という文末まで、そのリズムが乱れることはない。漱石は、これを十日で書いたと言うが、おそらく頭の中に、すでに書くべき文章がほぼ完全な形で浮かんでいたのだろう。落語好きだった漱石の文体は、声に出して読んでも、そのまま耳に入り意味がとれる。これは当時の文章としては画期的なことであった。

やがて漱石は、帝国大学英文科教授の職を断り朝日新聞社に入社、新聞小説の連載を開始する。この時代、新聞小説は、たとえば父親が茶の間で子どもたちに読んで聞かせるようなものだった。漱石の文体は、音として日本中に広まることになった。こうして二葉亭四迷や北村透谷の苦悩の末に生まれた日本近代文学の言文一致体は、一挙に世間に流布することとなる。

再三記してきたように、明治維新から四十数年、四民平等、努力すれば出世できる世の中、身分を超えた恋愛など社会は大きく変化した。そしてやっと言葉がそこに追いついた。漱石たちが発明した文体で私たち日本人は、一つの言葉で政治を語り、裁判を行い大学の授業を受け、喧嘩をしラブレターを書くことができるようになった。

朝日新聞入社後、漱石は胃痛に悩まされながらも小説を書き続け、国民作家としての地位を固めていく。

前期三部作は『三四郎』『それから』『門』。特に『三四郎』は、明治末期の青年の精神の彷徨を、余すところなく描いている。執筆は一九〇八年。本作は、日本で初めての教養小説とも呼ばれている。

冒頭の先生と三四郎のやりとりは有名だ。


「お互いは哀れだなあ」と言い出した。「こんな顔をして、こんなに弱っていては、いくら日露戦争に勝って、一等国になってもだめですね。もっとも建物を見ても、庭園を見ても、いずれも顔相応のところだが、——あなたは東京がはじめてなら、まだ富士山を見たことがないでしょう。今に見えるから御覧なさい。あれが日本一《にほんいち》の名物だ。あれよりほかに自慢するものは何もない。ところがその富士山は天然自然に昔からあったものなんだからしかたがない。我々がこしらえたものじゃない」と言ってまたにやにや笑っている。三四郎は日露戦争以後こんな人間に出会うとは思いもよらなかった。どうも日本人じゃないような気がする。

「しかしこれからは日本もだんだん発展するでしょう」と弁護した。すると、かの男は、すましたもので、

「滅びるね」と言った。――熊本でこんなことを口に出せば、すぐなぐられる。悪くすると国賊取り扱いにされる。

そして漱石のこの予言の通り、三十数年後、大日本帝国は滅びの時を迎える。

後期三部作は、『彼岸過迄』『行人』『こゝろ』。『こゝろ』は、今もほぼすべての国語教科書に載っており、高校生が必ず読む、故に日本で最も売れた小説ということになっている。執筆は一九一四年。

『三四郎』の時代。日露戦争後の日本は、富国強兵、臥薪嘗胆《がしんしょうたん》といった大きな国家目標を喪失し精神的な空白に陥《おちい》る。さらに『こゝろ』が書かれた一九一四年から、漱石が亡くなる一六年まで、第一次世界大戦で漁夫の利を得て、日本は一気に工業国へと駆け上がった。

しかし好不況の波は激しく、社会矛盾は広がっていく。漱石は、そんな時代にあって、超然として知識人や、当時勃興しつつあった都市生活者、中間層の苦悩を描き続けた。

漱石が今も読み継がれているのは、そこに描かれた人間が、いずれも現代日本人の原型に他ならないからだろう。

『みだれ髪』

与謝野晶子 よさの・あきこ（1878〜1942）

女性の心情を言葉にした詠歌

新潮文庫

一九九八年、俵万智さんが与謝野晶子の『みだれ髪』を「チョコレート語訳」と称して出版をした際に、ちょっとした議論が起こった。すなわち、まだ初版から百年にも満たない作品を現代語訳することに意味があるのかと言うのだ。

いくつかの訳を見てみよう。

なにとなく君に待たるるここちして出でし花野の夕月夜かな

これを俵さんは、以下のように訳した。

なんとなく君が待ってる気がしたの花野に出れば月がひらひら

たしかに、この程度なら現代語訳の必要はないかもしれない。しかし、次の歌はどうだろう。

やは肌のあつき血汐にふれも見でさびしからずや道を説く君

私が一番好きな歌だが、これを俵さんは、以下のように訳している。

燃える肌を抱くこともなく人生を語り続けて寂しくないの

さらに次の歌はどうだろう。

その子二十櫛にながるる黒髪のおごりの春のうつくしきかな

この「チョコレート語訳」は、以下のようになる。

二十歳とはロングヘアーをなびかせて畏れを知らぬ春のヴィーナス

素晴らしい翻案だと思う。与謝野晶子の本歌の素晴らしさもまた再認識させられる。

私は先の議論が起こった際に、それより問題は、本来の『みだれ髪』自体の中に、口語短歌に向かう、ある種の美しい混乱があるのではないかと指摘した。

『みだれ髪』の出版は一九〇一年。まさに二十世紀の幕開けだ。前年には与謝野鉄幹と正岡子規の周囲で、短歌改革の方向を巡って論争が起こる。また翌一九〇二年には子規がこの世を去る。小説と同様に短歌の世界もまた、言文一致、近代化の波に翻弄されていた。だが『みだれ髪』の登場の意義は、そのような狭い意味での文学史上の出来事だけに止まらない。当時、この作品の出版は大きな反響を呼んだ。なにしろ日本の短歌の歴史では、平安朝以来久しく、女性が自分の性について赤裸々に語る歌は登場しなかった。

明治維新から三十有余年。やっと女性が、その心情を言葉にする武器を得た。その点で本作の誕生は、島崎藤村の『破戒』に匹敵するほどに、文学がその形式と内容を一致させた幸福な瞬間だったとも言えるだろう。

一八七八年生まれの与謝野晶子は、このとき弱冠二十二歳。あふれるばかりの若さと才能だ。その後も彼女は歌を詠み続け、その総数は五万首にも及ぶと言われる。二十歳で与謝野鉄幹と出会い、今で言う不倫からの略奪婚。生涯で十二人の子どもをつくりながら、与謝野家の家計も支えた。
一九〇四年、日露戦争開戦の年には「君死にたまふことなかれ」を発表。

ああ、弟よ、君を泣く、
君死にたまふことなかれ。
末《すゑ》に生れし君なれば
親のなさけは勝《まさ》りしも、
親は刄《やいば》をにぎらせて、
人を殺せと教へしや、
人を殺して死ねよとて
廿四《にじふし》までを育てしや。
（中略）
旅順の城はほろぶとも、
ほろびずとても、何事《なにごと》ぞ、
君は知らじな、あきびとの
家《いへ》の習ひに無きことを。

一一年には雑誌『青鞜』の創刊号巻頭に「山の動く日」を寄稿。

山の動く日来《きた》る
かく云《い》へども人われを信ぜじ
山は姑《しばら》く眠りしのみ
その昔に於て
山は皆火に燃えて動きしものを
されど、そは信ぜずともよし
人よ、ああ、唯これを信ぜよ
すべて眠りし女《をなご》
今ぞ目覚めて動くなる

一九四二年没。反戦主義については、その主張は一貫性を欠くが、女性の権利の拡大については常に先端的な主張を行ってきた。現実的であり、また闘志の人でもあった。

第三章

先駆者たち、それぞれの苦悩

『一握の砂』

石川啄木　いしかわ・たくぼく（1886〜1912）

明星派とアララギ派の対立を止揚

東海《とうかい》の小島《こじま》の磯《いそ》の白砂《しらすな》に
われ泣《な》きぬれて
蟹《かに》とたはむる

誰もが耳にしたことのある石川啄木の短歌は、そのほとんどが一九一〇年に出版された第一歌集『一握の砂』に収録されている。第二歌集『悲しき玩具』の出版は一年半後、啄木の若すぎる死の直後だった。

しかしこの『一握の砂』一編で、啄木は近代短歌の完成者として後世に名を残す。文学史的に見れば、啄木の師でもある与謝野鉄幹・晶子夫妻を中心としたロマン主義の明星派と、正岡子規を源流とし、形式・描写を重んじるアララギ派の対立を見事に止揚《しよう》した。それは小説『破戒』において藤村が、近代小説という形式と、そこで書くべき内容の一致を

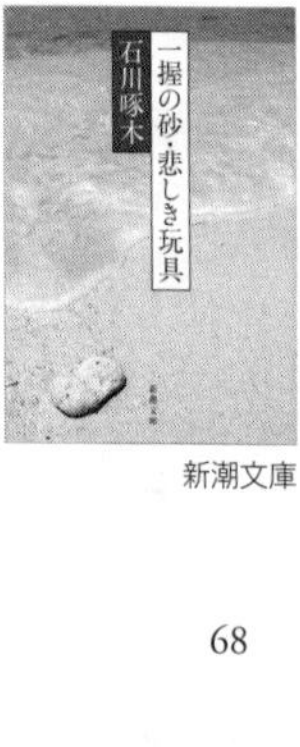

新潮文庫

「発見」したのと相似形をなしている。

啄木はまた、政治にも強い関心を示した。歌集には収録されていないが、同じ一〇年のいわゆる「日韓併合」に際しては、

地図の上朝鮮国に黒々と
墨をぬりつゝ、
秋風を聞く

という歌も残している。

啄木は一八八六年、盛岡（当時の南岩手郡日戸《ひのと》村）の生まれ。上京を繰り返すも定職に就かず、一九〇七年から〇八年には職を求めて北海道を巡る。

はたらけど
はたらけど猶《なほ》わが生活《くらし》楽にならざり
ぢつと手を見る

啄木と言えば貧乏が連想されるほどに、困窮《こんきゅう》のつきまとう生涯だった。中学の先輩、金田一京助（のちに日本を代表する言語学者となる）を始めとする多くの友人が彼を助けた。

しかし、死後に発表される「ローマ字日記」によれば、その借金の多くは浅草での買春などの放蕩《ほうとう》に充てられていた。一九〇九年一月、雑誌『スバル』の創刊に尽力。さらに朝日新聞に職を得て生活の安定を図る。この年、ベンガル湾上で客死した二葉亭四迷の全集の校閲を担当。しかし家族の上京などもあり、生活は窮乏《きゅうぼう》を極める。翌一〇年十月、妻節子が二人目の子どもを出産するも三週間余りで病死。この年十二月、『一握の砂』発刊。一一年、大逆事件で幸徳秋水が死刑判決を受け、六日後に執行された際は公判記録をひそかに入手して分析、

われは知る、テロリストの
かなしき心を——
言葉とおこなひとを分ちがたき
ただひとつの心を、
奪はれたる言葉のかはりに
おこなひをもて語らむとする心を、

という詩も残している。同時期、死後に発表される『時代閉塞の現状』を執筆。この頃から啄木は社会主義に傾斜していく。一方で腹膜炎を発症。入退院を繰り返す。

一九一二年、三月七日、母カツ死去。

たはむれに母を背負《せお》ひて
そのあまり軽《かろ》きに泣きて
三歩あゆまず

四月十三日、啄木、肺結核にて死去。享年二十六。枕頭には妻と父、そして若山牧水だけがいたという。金田一は勤務先の國學院にいて不在だった。翌年五月、妻節子も同じ肺結核にて死去。家族も巻き込んでの壮絶な生涯だった。

死後、第二歌集『悲しき玩具』が刊行。徐々に名声が広がり、やがて日本人の誰もが、彼のいくつかの歌を知るまでになる。『一握の砂』の発刊と前後して〇九年、北原白秋が第一詩集『邪宗門』を出版。日本近代文学は小説のみならず、短歌、詩など各方面においてほぼ完成をみる。この第三章では、その広がりを辿っていきたい。

『蒲団』

田山花袋　たやま・かたい（1872〜1930）

露悪的で告白調の私小説を確立

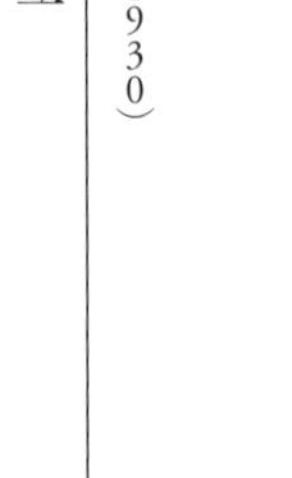

新潮文庫

第一章からここまで日本の近代文学の誕生の歴史を辿ってきたわけだが、この進展に半ば屈折した思いで伴走してきた男がいた。田山花袋である。

群馬生まれの花袋は、十代で上京。尾崎紅葉率いる硯友社に出入りし強い影響を受ける。二十代に入ってからは、島崎藤村、国木田独歩と交わり、大衆文学の硯友社路線から離れ自然主義へと傾斜していく。

田山花袋の名を文学史に残した『蒲団』が書かれたのは一九〇七年。藤村が『破戒』を発刊した翌年だ。

『破戒』が評判を呼び、藤村が自然主義の旗手として、もてはやされるなか、花袋は少し焦っていた。鷗外を始め様々な文学関係者との交流があった花袋（おそらくいい奴だったのだろう）には、自分だけが取り残されていく感覚が強くあった。

しかし彼には書くべきものがなかった。藤村のように社会問題を扱うことは、花袋の個

性に合わなかったし、独歩のように淡々と風景を描写するだけの文章にも、かつて娯楽小説を旨とする硯友社と交わった花袋には不満があった。

そこで彼は『蒲団』を書き、私小説という日本独特の文学スタイルを確立する。ここでいう私小説は、ただ単に自伝的な小説を指すのではない。どちらかと言えば露悪的な告白小説のような分野を花袋は切り開いた（その後、私小説は様々な形で、日本文学の一ジャンルとして発展していく）。

『蒲団』は中年のさえない小説家が、弟子入りしてきた女学生に恋をし、その女学生に恋人がいると知ると嫉妬に狂い、破門にした上でまだ未練を残すという、なんだかとても情けない小説だ。

さびしい生活、荒涼たる生活は再び時雄の家に音信《おとず》れた。子供を持てあまして喧《やかま》しく叱《しか》る細君の声が耳について、不愉快な感を時雄に与えた。

生活は三年前の旧《むかし》の轍《わだち》にかえったのである。

五日目に、芳子から手紙が来た。いつもの人懐《なつ》かしい言文一致でなく、礼儀正しい候《そうろう》文《ぶん》で、

「昨夜、恙《つつが》なく帰宅致し候儘《まま》御安心被下度《くだされたく》、此《こ》の度《たび》はまことに御忙しき折柄種々御心配

ばかり相懸け候うて申訳も無之《これなく》、幾重にも御詫《おわび》申上候、御前に御高恩をも謝し奉り、御《お》詫《わび》も致し度候いしが、（中略）父よりいずれ御礼の文奉り度存居《ぞんおり》候えども今日は町の市《いち》日《び》にて手引き難く、乍失礼《しつれいながら》私より宜敷《よろしく》御礼申上候、まだまだ御目汚し度きこと沢山に有之候えども激しく胸騒ぎ致し候まま今日はこれにて筆擱《お》き申候」と書いてあった。

　時雄は雪の深い十五里の山道と雪に埋れた山中の田舎町とを思い遣《や》った。別れた後そのままにして置いた二階に上った。懐かしさ、恋しさの余り、微《かす》かに残ったその人の面《おも》影《かげ》を偲《しの》ぼうと思ったのである。武蔵野《むさしの》の寒い風の盛《さかん》に吹く日で、裏の古樹には潮の鳴るような音が凄《すさま》じく聞えた。別れた日のように東の窓の雨戸を一枚明けると、光線は流るるように射し込んだ。机、本箱、罎《びん》、紅皿《べにざら》、依然として元のままで、恋しい人はいつもの様に学校に行っているのではないかと思われる。時雄は机の抽斗《ひきだし》を明けてみた。古い油の染みたリボンがその中に捨ててあった。時雄はそれを取って匂《にお》いを嗅《か》いだ。暫《しばら》くして立上って襖を明けてみた。大きな柳行李が三箇細引で送るばかりに絡《から》げてあって、その向うに、芳子が常に用いていた蒲団《ふとん》――萌黄《もえぎ》唐草《からくさ》の敷蒲団と、線の厚く入った同じ模様の夜着とが重ねられてあった。時雄はそれを引出した。女のなつかしい油の匂いと汗のにおいとが言いも知らず時雄の胸をときめかした。夜着の襟《えり》の天鵞絨《びろうど》の際立《きわだ》って汚れているのに顔を押附けて、心のゆくばかりなつかしい女の匂いを嗅《か》いだ。

性慾と悲哀と絶望とが忽《たちま》ち時雄の胸を襲った。時雄はその蒲団を敷き、夜着をかけ、冷めたい汚れた天鵞絨の襟に顔を埋めて泣いた。
薄暗い一室、戸外には風が吹暴《ふきあ》れていた。

引用が長くなったが、この有名なラストシーンだけで、田山花袋は日本文学史に名を残した。『蒲団』を読んだことのない若者でも、「中年男が、振られた若い女が残していった蒲団に顔を埋め匂いを嗅ぐ話」となんとなく記憶しているはずだ。

たったこれだけの描写でも、当時の人々は大いに驚いた。藤村が『破戒』を書き、被差別部落問題というとてつもなく深い社会問題をも小説にできることを証明したのと同様に、中年男の嫉妬という、とてつもなく矮小な事柄さえも、やはり小説になるのだということを花袋は明らかにした。明治近代文学は、また一つ、自由の幅を広げた。

『若山牧水歌集』

若山牧水　わかやま・ぼくすい（1885〜1928）

近代文学の曲がり角に位置する歌

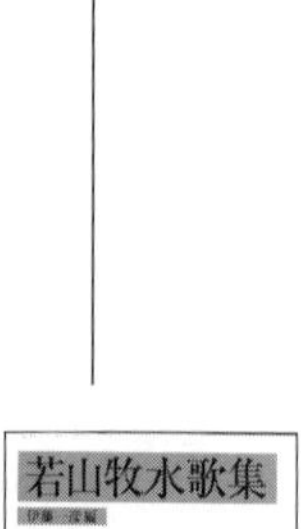

岩波文庫

石川啄木の臨終の席には、家族の他に若山牧水だけが付き添っていた。それは啄木の希望だった。牧水は、あのプライドの高い啄木が、唯一認めた才能だったのかもしれない。

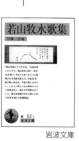

白鳥は哀しからずや空の青海のあをにも染まずただよふ

旅を愛し酒を愛した牧水は、文学史的には自然主義文学としての短歌の確立が最大の業績だ。しかしその歌は、自然主義という範疇《はんちゅう》を超え、今も若い世代に訴えるものが多い。私自身、文学に目覚めた頃から、なんとなく啄木よりは牧水に惹かれ、これまでにも何度か自分の劇作の中で引用を繰り返してきた。余談だが、この歌集の選者である伊藤一彦氏は、牧水の故郷宮崎県で長く高校の教員として教鞭を執る傍ら、牧水研究を続けてこられた。俳優の堺雅人さんは教え子の一人で、彼が演劇、芸術の道に進む一つのきっかけが伊藤先生との交流にあったと聞いている。お二人には『ぼく、牧水！』という共著もある。
啄木に比べると牧水には、社会問題を扱った作品はほとんどない。しかしたとえば、次の歌はどうだろうか？

幾山河越えさり行かば寂しさの終てなむ国ぞ今日も旅ゆく

これを、啄木が言うところの日露戦後の「時代閉塞の現状」と重ね合わせることは無理があるだろうか。ＮＨＫの短歌の番組で伊藤先生とご一緒した際に、私のこの珍説を披露したところ、「それはたしかに、新しい解釈ですね」と少し苦笑しておられた。しかし、どうも私には、日本の自然を愛した牧水の歌は、変わりゆく国のあり方を嘆く魂の叫びにも思えるのだ。もしもそうであるなら牧水もまた、明治から大正へと続く、近代文学の曲がり角に、しっかりと位置する文学者だと言えるだろう。また、この「幾山河……」の歌は、上田敏の訳で有名となったカール・ブッセの詩に影響を受けているとも言われている。

山のあなたの空遠く
「幸《さいはひ》」住むと人のいふ。

噫《ああ》、われひとと尋《と》めゆきて、
涙さしぐみ、かへりきぬ。
山のあなたになほ遠く
「幸《さいはひ》」住むと人のいふ。

上田敏が初めて欧州の象徴派の詩人たちを紹介した訳詩集『海潮音』の出版が一九〇五年。「幾山河……」の歌が詠まれたのは〇七年。ドイツ人は「幸い」を求めて旅をするが、日本人は寂しさの果てる国を求めてさまよい歩くところが面白い。

牧水・若山繁は、一八八五年、宮崎県東臼杵《ひがしうすき》郡坪谷《つぼや》村（現在の日向市）の生まれ。早稲田では北原白秋と同級。早くから、その才能が注目されていた。

旅人のからだもいつか海となり五月の雨が降るよ港に
水無月の青く明けゆく停車場に少女にも似て動く機関車

牧水は、植民地支配下の朝鮮を含めて全国各地を旅して歌を残している。鉄道旅行が多く、質の高い紀行文も残している。

けふもまたこころの鉦《かね》を打ち鳴《なら》しうち鳴しつつあくがれて行く

前述の伊藤先生は、牧水の歌の最も中核にあるのはこの「あくがれ」ではなかったかと語っている。ここではないどこかへ。まだ見ぬ心のふるさとを求めて、牧水は旅を続けた。

足音を忍ばせて行けば台所にわが酒の壜は立ちて待ちをる
妻が眼を盗みて飲める酒なれば惶《あわ》て飲み噎《む》せ鼻ゆこぼしつ

大酒飲みで、最後は胃腸炎と肝硬変を併発し、一九二八年に亡くなった。享年四十三。

いざ行かむ行きてまだ見ぬ山を見むこのさびしさに君は耐ふるや
山ねむる山のふもとに海ねむるかなしき春の国を旅ゆく

私が牧水に惹かれるのは、この上の句と下の句の対比である。上の句の勇ましさ、下の句の寂しさ、哀しみ。明治末期の若者の精神の矛盾がここに凝縮している。

『兆民先生』『兆民先生行状記』

幸徳秋水 こうとく・しゅうすい（1871〜1911）

文語体で書かれた最後の名文

岩波文庫

十数年前、初めて幸徳秋水の生誕地、土佐・中村（現在の四万十市）を訪れた際、地元の方に秋水の墓を案内していただいた。細い路地を抜けて小さな墓標がある。戦前、この墓は鉄格子で覆われていたそうだ。それでも中村の人々は、この墓をひっそりと守ってきた。この地の子どもたちは「幸徳さんは、たしかに謀反人だが本当はとても偉い人なのだ」と聞かされて育ったという。二〇〇〇年、旧中村市議会は、幸徳の名誉回復のために、「幸徳秋水を顕彰する決議」を与野党問わず全会一致で採択した。

幸徳秋水は十六歳で上京後、同郷の中江兆民に師事した。兆民亡き後は社会主義運動に傾倒し日露戦争時も非戦論を唱える。

秋水は大逆事件で非業の死を遂げた運動家としての印象が強いが、若い頃から、その文才も広く知られていた。足尾銅山鉱毒事件で田中正造が天皇に直訴したときの書状も、秋水が書いたと言われている。

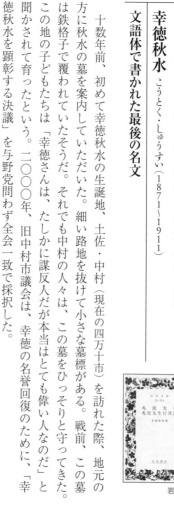

『兆民先生』は中江兆民の死の翌年に発表された短い伝記。『行状記』の方は、よりエッセイ風に兆民の日常を描いている。

どちらも圧倒的な師への愛と尊敬に支えられた美文で、日本文学史の位置づけで語るなら、文語体で書かれた最後の名文といっても過言ではない。たとえば私が最も好きな一文は、以下の箇所だ。

予曾《かつ》て曰く、仏国革命は千古の偉業也。然れども予は其惨に堪へざる也と。先生曰く、然り予は革命党也。然れども当時予をして路易《ルイ》十六世王の絞頸台上に登るを見せしめば、予は必ず走つて劊手《かいしゅ》を撞倒《どうとう》し、王を抱擁して遁《のが》れしならんと。此一語以て如何に先生の多血多感、忍ぶ能はざるの人なりしかを知るに足る可し。

大逆事件というのは皇室に対する罪、所謂《いわゆる》大逆罪を犯した事件の総称で、戦前には四つの事例がある。そこで他の大逆事件と区別するために、一九一〇年に起こったこの事件を「幸徳事件」と呼ぶこともある。この事件における幸徳たちの死は、日本文学史を俯瞰する上でも大きな意味を持つ。

幸徳秋水はジャーナリストとして明治末の文筆の世界でも一目置かれる存在であった。

その幸徳が、半ばえん罪のような形で死刑となる。その衝撃は大きかった。徳冨蘆花は、兄蘇峰を通じて桂太郎首相に減刑の嘆願を行う。石川啄木は、密かに公判記録を入手して、『時代閉塞の現状』を書く。「われは知る、テロリストのかなしき心を」という詩は、啄木の項でも紹介した。

だが問題は、初めて大逆罪が適用され、二十四名が死刑判決を受け実際に十一名が執行されたという歴史的事実に止まらない。死刑を宣告された者のうち、実際に天皇暗殺計画に加わったのは四名だけだった。他は皆、ただ、その思想信条を言葉にしたのみだ。

「私は天皇を殺したいほど憎む」

と言っただけで死刑になる時代が来た。しかも幸徳自身は「当時予をして路易《ルイ》十六世王の絞頸台上に登るを見せしめば、予は必ず走つて劊手《かいしゅ》を撞倒《どうとう》し、王を抱擁して遁《のが》れしならん」という兆民の思想を正しく受け継いでいた。

ここまで見てきたように、明治の文人たちは国民国家形成の一助として、言文一致、新しい文学の創生を希求した。二葉亭四迷は国土防衛のためにロシア語を学んだ。言文一致は、明治日本を近代化し、強い軍隊、強い国家を作るための必要条件でもあった。

そして、それは成就した。それはとりもなおさず、人々が、自分の思い、気持ち、信条を、そのまま言葉にできるようになったということだ。

そして、その近代の言葉が成立した瞬間から、政府は、その「言葉」を恐れるようになった。

二葉亭の発明した「散文」を使って、国木田は『武蔵野』を書いた。人々は世界を描写する言葉を獲得した。同じ頃、正岡子規は病床の六畳間から宇宙を描写した。次に、そこで得た言葉を使って島崎藤村や夏目漱石、田山花袋らが、それぞれの方法で内面による真実の告白を書くに至った。

人々は風景を描写するだけで、その描写する主体の内面を伝えることができるようになった。「悲しい」と書かなくても、その主体の悲しさを表現できるようになった。

そして政府は「言葉」を恐れるようになった。なぜなら権力を持つ側は、その一つの言葉が、人間の内面の何を意味しているか分からないから。それはたとえば、二〇一九年のあいちトリエンナーレで、ただ椅子に座っている小さな少女の像に、政治家たちが恐れおののき右往左往したように。

大逆事件の判決が出た翌年、一九一二年、明治天皇崩御。明治という牧歌の時代が終わった。

『高野聖』

泉鏡花　いずみ・きょうか（1873〜1939）

日本で最初の本格的な怪奇文学

岩波文庫

一八八〇年代から九〇年代、紅露時代と呼ばれる文学の大衆化が起こった。その中心は第一章で見てきた通り、尾崎紅葉率いる硯友社だった。

しかし紅葉は『金色夜叉』の大ヒットの直後に逝去。硯友社も解散となる。時代もロマン主義から自然主義へと移り、一挙に日本の「近代文学」が成立していく。少しご都合主義の筋立てで、人間の心理描写に重きを置かない硯友社スタイルは、大衆の支持は得ても文学としては少し古くさいイメージになった。

しかし当然、この流れに抗した者もいる。その筆頭が泉鏡花。紅葉の愛弟子である。

泉鏡花は金沢の産。一八七三年の生まれだから、実は紅葉とは五つしか違わない。藤村、あるいは樋口一葉とも同世代だ。

十六歳で文学をこころざして上京。十七歳で尾崎紅葉に弟子入り、書生生活を送る。持病の脚気と闘いながら、当初より多作であり『夜行巡査』『外科室』などの秀作を発表。さらに一九〇〇年、初期の代表作である『高野聖』を発表。文壇での地位を確たるものとする。主人公の「私」は旅行の途中で高野山の高僧と出会い不思議な物語を聞く。

すると上人は頷いて、私《わし》は中年から仰向けに枕に就かぬのが癖で、寝るにもこの儘《まま》ではあるけれども目は未《ま》だなかなか冴えている、急に寐就《ねつ》かれないのはお前様と同一《おんなじ》であろう。出家のいうことでも、教《おしえ》だの、戒《いましめ》だの、説法とばかりは限らぬ、若いの、聞かっしゃい、と言って語り出した。

高僧はかつて旅先で怪しい薬売りに出会い、その男を追うように深い山道を登っていった。するとそこに独り屋があり美しい女と白痴の青年が暮らしている。高僧は蛭《ひる》にかまれた傷を癒やし汗を流すために女と川に入る。高僧は裸になって女に身体を洗ってもらった。

「（略）その心地の得もいわれなさで、眠気がさしたでもあるまいが、うとうとする様子で、疵《きず》の痛みがなくなって気が遠くなって、ひたと附《くっ》ついている婦人《おんな》の身体《からだ》で、私《わし》は花びらの中へ包まれたような工合。（略）」

高僧は美しい女の虜になるが、町で馬を売ってきたという別の男から以下のような忠告を受ける。この物語は、このように複雑な入れ子構造になっている。

「〈略〉何じゃの、己《おら》が嬢様に念《おもい》が懸《かか》って煩悩《ぼんのう》が起きたのじゃの。うんにゃ、秘《かく》さっしゃるな、おらが目は赤くッても、白いか黒いかはちゃんと見える。

地体並《じたいなみ》のものならば、嬢様の手が触《さわ》ってあの水を振舞われて、今まで人間でいよう筈はない。

牛か馬か、猿か、蟇《ひき》か、蝙蝠《こうもり》か、何にせい飛んだか跳ねたかせねばならぬ。谷川から上って来さしった時、手足も顔も人じゃから、おらあ魂《たまげ》消た位、お前様それでも感心に志が堅固じゃから助かったようなものよ。

何と、おらが曳《ひ》いて行った馬を見さしったろう、それで、孤家《ひとつや》で来さっしゃる山路《やまみち》で富山の反魂丹売《はんごんたんうり》に逢わしったというではないか、それ見さっせい、あの助平野郎、疾《とう》に馬になって、それ馬市で銭《おあし》になって、お銭《あし》が、そうらこの鯉に化けた。大好物で晩飯の菜になさる、お嬢様を一体何じゃと思わっしゃるの。」

要するに、その女は人に取り憑《つ》いて男を獣に変え、それを売って暮らしていたのだ。高僧は、その話を聞いて一目散に山を下りた。

主人公が話を聞き終えた翌朝、高野聖は雪深い山に分け入っていった。次第に山道を登っていく姿は、まるで雲に乗っていくようだった。昨晩聞いた話もまた幻想であるかのように。


高野聖《こうやひじり》はこのことについて、敢《あえ》て別に註して教《おしえ》を与えはしなかったが、翌朝《よくちょう》袂《たもと》を分って、雪中山越《やまごえ》にかかるのを、名残惜しく見送ると、ちらちらと雪の降るなかを次第に高く坂道を上る聖《ひじり》の姿、恰《あたか》も雲に駕《が》して行《ゆ》くように見えたのである。


この作品は、日本で最初の本格的な怪奇文学、幻想文学という位置づけで、後進にも大きな影響を与えた。

紅葉の死後も鏡花は旺盛な執筆活動を続け、一九〇七年には、のちに幾たびも舞台化、映画化される『婦《おんな》系図』を連載。大正期には戯曲にも関心を示し、今も上演が続く『夜叉ヶ池』『海神別荘』『天守物語』などを執筆。

一九三九年没。享年六十五。泉鏡花を慕う作家は多く、里見弴、谷崎潤一郎、芥川龍之介、そして演劇の世界では久保田万太郎、小山内薫なども彼を師と仰いだ。

『邪宗門』

北原白秋　きたはら・はくしゅう（1885～1942）

日本語の象徴詩の確立

島崎藤村が『破戒』を発表し（一九〇六年）、石川啄木が『一握の砂』を刊行して（一〇年）小説や短歌の「近代化」がほぼ完成をみた前後、詩の世界でも同様の革新が起こっていた。その先駆は島崎藤村の『若菜集』（一八九七年）だが、藤村はその後、小説へと転身する。牧水の項でも取り上げたように、一九〇五年上田敏が訳詩集『海潮音』を発表。ヨーロッパの象徴詩を日本に紹介した。そして〇九年、北原白秋が『邪宗門』を刊行。日本人による日本語の近代詩（象徴詩）が確立する。

空《そら》に真赤《まっか》な雲《くも》のいろ。
玻璃《はり》に真赤《まっか》な酒《さけ》のいろ。
なんでこの身《み》が悲《かな》しかろ。
空《そら》に真赤《まっか》な雲《くも》のいろ。

新潮文庫

象徴詩とは、心情や主張をそのまま言葉にするのではなく、自然をそのまま描写するのでもなく、文字通り「象徴的に」描く詩のことだ。それは一見、何を書いているのか、何を伝えたいのか分からない。しかし、この「わからなさ」が日露戦後の混沌とした精神状況ともマッチしたのだろう。白秋は一躍、日本の詩壇の中核に躍り出る。
だが白秋は、そこに止まらず、スキャンダルの渦中に身を置きつつも、本当に様々な作品を残す。

あめあめ　ふれふれ　かあさんが
じゃのめで　おむかえ　うれしいな
ピッチピッチ　チャップチャップ
ランランラン
（「あめふり」より　一九二五年）

雪のふる夜は　たのしいペチカ
ペチカ燃えろよ　お話しましょ
むかしむかしよ　燃えろよ　ペチカ
（「ペチカ」より　一九二四年）

といった童謡から、

唄はちやっきりぶし、男は次郎長
花はたちばな、夏はたちばな
茶のかをり。
ちやっきり　ちやっきり　ちやっきりよ、
きやァるが啼くから雨づらよ。

（「ちやっきり節」より　一九二七年）

のような新民謡。また晩年は戦争賛美の詩や歌詞も多く残し、結果として晩節を汚すこととなった。最も有名なものは『愛国行進曲』。ただしこれは、公募で選ばれた詩を白秋が改作したものだった。この補作には島崎藤村も名を連ねている。この曲は第二国歌として、おそらく戦時中、最も多く国民に歌われた歌曲の一つとなった。

見よ東海の空明けて　旭日《きょくじつ》高く輝けば
天地の正氣《せいき》潑剌《はつらつ》と　希望は躍る大八洲《おおやしま》

おお清朗の朝雲に　聳《そび》ゆる富士の姿こそ
金甌無欠《きんおうむけつ》揺ぎなき　我が日本の誇りなれ

（『愛国行進曲』一九三七年）

だが、もちろん、正統的な象徴詩も書き続けている。

一
からまつの林を過ぎて、
からまつをしみじみと見き。
からまつはさびしかりけり。
たびゆくはさびしかりけり。

二
からまつの林を出でて、
からまつの林に入りぬ。
からまつの林に入りて、
また細く道はつづけり。

（『落葉松』一九二一年）

いずれの意味においても、白秋は近代日本の曲折を象徴する詩人であった。

さて、ここまで私は、日本の近代文学の黎明期から、その様々な発展形までを辿ってきた。俳句・短歌は別として、詩や小説には西洋近代文学という先行例があり、それは翻訳という形で、我が国にもたらされた。

すでに形式は理解された。しかし、多くの人々は、そこで何を書けばいいのかが分からなかった。

漱石、藤村、白秋、あるいは啄木といった天才が現れて、新しい器に、盛るべき料理を作った。それは張りぼての国家だった明治日本が、曲がりなりにも「近代国家」の体裁を整えていくのと軌を一にしていた。

第四章からは、大正という不思議な時代に、近代文学がどう成熟していくかを辿ってみたい。

第四章

大正文学の爛熟

『河童』

芥川龍之介　あくたがわ・りゅうのすけ（1892〜1927）

日本文学に「短編小説」のジャンルを確立

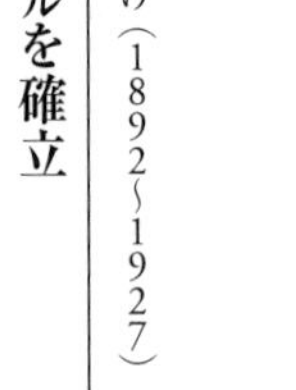

新潮文庫

陸上の百メートル走で、誰か一人が十秒を切ると相次いで記録の壁が打ち破られていったように、二十世紀初頭、漱石、藤村らによって完成された言文一致体は、一九一〇年代にはすべての若い文学者が当たり前のように使いこなすものとなった。日本の近代文学は急速な発展を遂げ、ほぼ現代に至るまでの基礎が、この時代に形成される。

その代表格は今も芥川賞に名前を残す芥川龍之介だろう。芥川はまた、日本文学に「短編小説」というジャンルを確立した。

旧制一高から東京帝国大学と超エリートの道を歩んだ芥川は、すでに二十代前半で代表作となる『羅生門』（一九一五年）『鼻』（一九一六年）といった名作を書き、大正の文壇をリードする存在となった。出自も経歴も（そして、その抱える苦悩も）似ている夏目漱石に師事し、世間からもその後継者と目された。

『羅生門』の冒頭は、以下の通り。

ある日の暮方の事である。一人の下人《げにん》が、羅生門《らしょうもん》の下で雨やみを待っていた。
広い門の下には、この男のほかに誰もいない。ただ、所々丹塗《にぬり》の剝《は》げた、大きな円柱《まるばしら》に、蟋蟀《きりぎりす》が一匹とまっている。羅生門が、朱雀大路《すざくおおじ》にある以上は、この男のほかにも、雨やみをする市女笠《いちめがさ》や揉烏帽子《もみえぼし》が、もう二三人はありそうなものである。それが、この男のほかには誰もいない。

第一章に取り上げた作品群と比べてもらえば、日本文学がこの十数年で、いかに長足の進化を遂げたかが分かるだろう。有り体《てい》に言えば「こなれた」文章、耳で聞いてもよく分かる文章となった。扱われる主題も多岐にわたり、日本の近代文学は、この大正時代に一つの爛熟《らんじゅく》の時を迎える。

芥川自身、初期の作品は「王朝物」と呼ばれ、『今昔物語集』『宇治拾遺物語』といった古典から題材をとったものが多いが、やがてその関心は多方面に延び『蜘蛛の糸』（一九一八年）『杜子春』（一九二〇年）『藪の中』『トロッコ』（いずれも一九二二年）と秀作を書き続ける。

一九二一年には初めて中国を訪問。しかし帰国後から心身の不調を訴えるようになり、作風にも変化が起こる。
『河童』は、その芥川の最晩年に書かれた。発表は一九二七年（昭和二年）。彼はこの年、三十五歳の短い生涯を自ら閉じる。

僕はパンを嚙じりながら、ちよつと腕時計を覗いて見ました。時刻はもう一時二十分過ぎです。が、それよりも驚いたのは何か気味の悪い顔が一つ、円い腕時計の硝子の上へちらりと影を落したことです。僕は驚いてふり返りました。すると、――僕が河童と云うものを見たのは実にこの時が始めてだったのです。僕の後ろにある岩の上には画にある通りの河童が一匹、片手は白樺の幹を抱え、片手は目の上にかざしたなり、珍らしそうに僕を見おろしていました。

この作品には、河童の国に迷い込んだ思い出を語る狂人の言葉を借りて、当時の社会についての様々な風刺がちりばめられている。たとえば、主人公が河童の演奏会に出かける場面。

クラバックは全身に情熱をこめ、戦うようにピアノを弾きつづけました。すると突然会場の中に神鳴りのやうに響渡ったのは「演奏禁止」と云う声です。僕はこの声にびっくりし、思わず後をふり返りました。声の主は紛れもない、一番後の席にいる身の丈抜群の巡査です。巡査は僕がふり向いた時、悠然と腰をおろしたまま、もう一度前よりもおお声に「演奏禁止」と怒鳴りました。

本作発表の二年前、治安維持法が成立した。時代は、大正デモクラシーから、すでに少しずつ混迷の時を迎えていた。

芥川の遺書に書かれた「僕の将来に対する唯ぼんやりした不安」という一節は、あとの世代に様々な解釈を残した。もちろん作家本人の心身の健康面の不安。あるいは今後、書きたいことが書けなくなるのではないかという表現の抑圧への不安。そして、第一次世界大戦を挟んで急速に工業化が進み、その歪みが飽和点に達しようとしていた日本社会全体に対する不安。

よく言われることだが、漱石の死（一九一六〈大正五〉年）が明治の終わりを示したように、芥川の死は、短い大正という時代の終焉を象徴した。この第四章では、その短かった大正文学の爛熟の時代を追っていく。

『城の崎にて』

志賀直哉　しが・なおや（1883〜1971）

心境小説と呼ばれる分野を確立

私の暮らす兵庫県豊岡市は、十数年前の市町村合併で城崎温泉や神鍋《かんなべ》高原を有する一大観光都市となった。その城崎温泉の端に、私が開所以来六年間、芸術監督を務めた城崎国際アートセンターがある。ここは世界中のアーティストが長期滞在して創作活動を行う場として人気を集めている。

城崎の町を歩くとそこかしこに、「温泉と文学の町」という掲示がある。しかしそれはひとえに志賀直哉の『城の崎にて』に拠るところが大きく、この一作によって城崎温泉の名前は全国区となった。かつてはすべての国語教科書に、この短編小説が収録されていた。

志賀直哉は一八八三年の生まれ。芥川龍之介よりは、およそひと周り年上になる。一九一〇年、武者小路実篤らとともに雑誌『白樺』を創刊、のちに「白樺派」と呼ばれる文壇の一大勢力の代表者となった。

芥川が日本近代文学における物語の構造を確立したとするなら、志賀は近代日本語によ

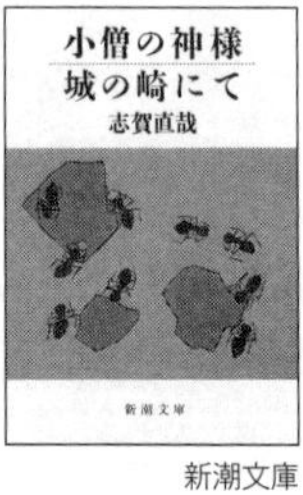

新潮文庫

る「描写」の形態を確立した。国木田独歩の『武蔵野』からたった十数年で、この分野でも近代文学は飛躍的な成長を遂げた。

自分の部屋は二階で、隣のない、割に静かな座敷だった。読み書きに疲れるとよく縁の椅子に出た。脇が玄関の屋根で、それが家《いえ》へ接続する所が羽目《はめ》になっている。その羽目の中に蜂の巣があるらしい。虎斑《とらふ》の大きな肥《ふと》った蜂が天気さえよければ、朝から暮近くまで毎日忙《いそが》しそうに働いていた。

これは『城の崎にて』の冒頭部分の数行だ。大正期に書かれた志賀の短編小説はいずれも、今の読者が読んでも、その描写された風景が生き生きと私たちの脳内に再生される。「小説の神様」と呼ばれたこともあながち過剰な評価ではない。

『城の崎にて』は、極めて短い小説だ。東京で電車に轢《ひ》かれて大けがをした作家（志賀本人）が療養のために城崎温泉にやって来る。この「自分」は、まず旅館の屋根の上に蜂の死骸を見つける。次に子どもや車夫たちの投げる石つぶてから逃げ惑うネズミを眺める。

鼠が殺されまいと、死ぬに極《きま》った運命を担《にな》いながら、全力を尽して逃げ廻っている様子が妙に頭についた。自分は淋しい嫌《いや》な気持になった。あれが本統なのだと思った。自分が希《ねが》っている静かさの前に、ああいう苦しみのある事は恐ろしい事だ。

そして今度は、自分が間違ってイモリを殺してしまう。

自分は蠑螈を驚かして水へ入れようと思った。不器用にからだを振りながら歩く形が想われた。自分は踞《しやが》んだまま、傍《わき》の小鞠《こまり》程の石を取上げ、それを投げてやった。自分は別に蠑螈を狙わなかった。狙ってもとても当らない程、狙って投げる事の下手《へた》な自分はそれが当る事などは全く考えなかった。(中略)蠑螈は死んで了った。自分は飛んだ事をしたと思った。虫を殺す事をよくする自分であるが、その気が全くないのに殺して了ったのは自分に妙な嫌《いや》な気をさした。

要約すれば、ただこれだけの話である。だがそこに、その描写のそのものに、生と死のおぼろげな形が見事に描かれる。

生きている事と死んで了っている事と、それは両極ではなかった。それ程に差はないような気がした。

志賀直哉の、とりわけ『城の崎にて』におけるもう一つの功績は、「心境小説」と呼ばれる分野を確立した点にある。田山花袋を開祖とする私小説から、自虐的、暴露的な要素を除いて、さらに文学としての純度を高めたところに志賀の一つの達成があった。

志賀は明治の作家には珍しく八十八歳の長寿をまっとうし一九七一年に亡くなった。ただし唯一の長編小説『暗夜行路』を含めて、主要な作品は、ほぼ戦前に書かれている。

志賀直哉が逗留した旅館「三木屋」に行くと、この文豪が滞在した部屋を今も見ることができる。また城崎温泉の若い経営者たちは、「本と温泉」というNPOを設立して出版事業なども手がけている。

城崎温泉には志賀直哉以外にも、古来、たくさんの文人墨客《ぶんじんぼっかく》が訪れ、作品創作のためのインスピレーションを得てきた。今、アートセンターが世界中から芸術家を集めているのは偶然ではない。

『雪国』

川端康成　かわばた・やすなり（1899〜1972）

人間の生の不安定さと輝きを描く

新潮文庫

『雪国』は言わずと知れた川端康成の代表作で、ノーベル文学賞の受賞対象作品ともなっている。冒頭の「国境の長いトンネルを抜けると雪国であった」は、「吾輩は猫である。名前はまだ無い」と並ぶくらいに有名だろう。昔はよく、このパロディもあった。

国境の長いトンネルを抜けると雪国であった。夜の底が白くなった。信号所に汽車が止まった。

主人公島村は高等遊民のような作家で、雪国の温泉宿を幾度か訪れる。その訪れるたびごとに芸者駒子と関係を持ち、一方で別の葉子という娘にも惹かれていく。

作品冒頭、島村は、列車の中で病人に甲斐甲斐しく寄り添う若い娘葉子に興味を持つ。その病人は島村が懇意にしている芸者・駒子の踊りの師匠の息子・行男だった。

ひょんなことから駒子が行男の昔のいいなずけであり、彼の療養費を稼ぐために、彼女は芸者になったと耳にする。しかし、駒子はそれを否定した。真相は分からない。

二年後、島村が再び彼の地を訪れると、すでに行男は亡くなっていた。駒子とのつながりで、島村は葉子とも言葉を交わすようになり、その魅力に惹かれていく。しかし葉子の方は、まだ行男のことを忘れられないようだ。

こうして、ひなびた温泉街（新潟の湯沢温泉が舞台）に生きる女性たちの揺れ動く心情が、微細を極める風景の描写と相まって切なさを増す。

前項で紹介した志賀直哉（川端の古くからの友人）の『城の崎にて』が、生物の生き死にの描写から生のはかなさを書いているのに対して、同じ温泉地を舞台にした『雪国』は、よりダイレクトに人間の生の不安定さと、それ故の輝きを描き出す。『城の崎にて』と似たような蜂の死骸《しがい》の描写があるのも興味深い。


彼は昆虫どもの悶死するありさまを、つぶさに観察していた。

秋が冷えるにつれて、彼の部屋の畳の上で死んでゆく虫も日毎にあったのだ。翼の堅い虫はひっくりかえると、もう起き直れなかった。蜂は少し歩いて転び、また歩いて倒れた。

あまり大きな起伏のない物語だが、最終盤、火事の場面では緊張が走る。

古い燃えかすの火に向って、ポンプが一台斜めに弓形の水を立てていたが、その前にふっと女の体が浮んだ。そういう落ち方だった。女の体は空中で水平だった。島村はどきっとしたけれども、とっさに危険も恐怖も感じなかった。（中略）落ちた女が葉子だと、島村も分ったのはいつだったろう。人垣があっと息を呑んだのも駒子があああっと叫んだのも、実は同じ瞬間のようだった。

（中略）

「この子、気がちがうわ。気がちがうわ。」

そう言う声が物狂わしい駒子に島村は近づこうとして、葉子を駒子から抱き取ろうとする男達に押されてよろめいた。踏みこたえて目を上げた途端、さあと音を立てて天の河が島村のなかへ流れ落ちるようであった。

西洋の前衛文学にも強い影響を受け「新感覚派」と呼ばれた川端だが、『雪国』は、芥川龍之介の物語の構造と、志賀直哉の描写の妙を止揚するような形で生まれた。多くの先人たちの懊悩の果てに日本の近代文学はここに一つの完結を見る。本作がノーベル賞の対象作品となったのは偶然ではなく、この受賞は、小さな極東の島国に生まれた日本近代文学という営み全体への、ご褒美であったと言っても過言ではない。

一八九九年（明治三十二年）、十九世紀の終わりに生まれた川端は、一九二四年、東京帝国大学国文学科を卒業。二六年には前期の代表作である『伊豆の踊子』を発表。しかしプロレタリア文学が隆盛だった二〇年代末あたりは不遇を託《かこ》った。

『雪国』は、一九三四年の越後湯沢滞在から着想を得て、三七年に初版を刊行。その後も断続的に書き継がれて、戦後の四八年に現在の形で出版された。

川端は新人を発掘することにもたけており、その最たるものが三島由紀夫だった。七〇年の三島の割腹自殺からの葬儀の際は葬儀委員長を務めた。その川端も、さらに翌々年（七二年）にガス自殺を遂げる。芥川同様、原因は一つには特定できない。北村透谷から芥川、太宰を経て、日本近代文学の歴史は、作家の自死の歴史でもある。

『細雪』

谷崎潤一郎 たにざき・じゅんいちろう（1886〜1965）

耽美派の真骨頂と言える文学への態度

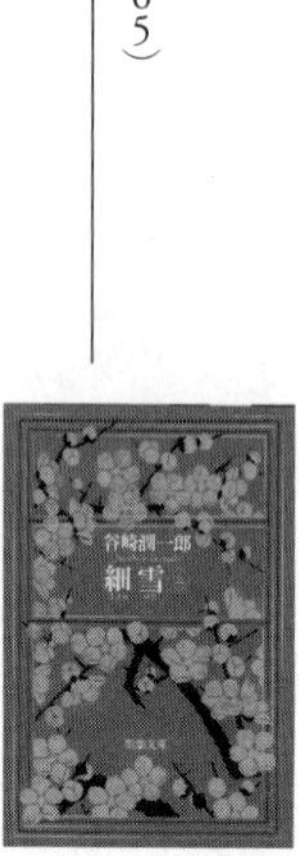

新潮文庫

フランスで読まれている日本文学と言えば、やはり筆頭は三島由紀夫だが、二番手には谷崎をあげる人が多い。もちろん日本でも谷崎潤一郎は「文豪」という扱いだが、相対的に見ると海外での評価の方が高いように感じる。演劇の世界でも、十数年前にイギリス人演出家によって『春琴抄』が舞台化され、世界的なヒットになるなど今も注目が続いている。

これまで見てきたように、大正文学の大きな流れは二つある。武者小路実篤、有島武郎らに代表される「白樺派」の人道主義。もう一つが芥川龍之介を源流に、川端、谷崎、横光利一らへと続く「芸術至上主義」、「耽美主義」、「新感覚派」など。

白樺派がまさに大正を代表する作家群であるのに対して、川端、谷崎の代表作は実は昭和に入ってから多く書かれている。『細雪』の執筆は一九四一年から四八年。戦中、戦後をまたいで、この作品は書かれたのだ。舞台は一九三六年から四一年の大阪。すなわち、二・二六事件の年から太平洋戦争開戦前夜までの阪神間の風景、世相が描かれている。しかしこの作品では、迫り来る戦禍は遥か遠方に追いやられ、そこに暮らす上流階級の四姉妹の生活が、執拗なまでに丹念に綴られる。

蒔岡《まきおか》家は大阪の名家。四姉妹の中でも一番の美人とされる三女の雪子には多くの縁談があった。しかしながら、旧家のプライドが邪魔して、なかなかに縁談がまとまらない。


「井谷さんが持って来やはった話やねんけどな、――――」

「そう、――――」

「サラリーマンやねん、MB化学工業会社の社員やて。――――」

「なんぼくらいもろてるのん」

「月給が百七八十円、ボーナス入れて二百五十円ぐらいになるねん」

「MB化学工業云うたら、仏蘭西《フランス》系の会社やねんなあ」

「そうやわ。――――よう知ってるなあ、こいさん」

「知ってるわ、そんなこと」


雪子のいくつかのお見合い話を縦軸に、四女・妙子の奔放な恋愛を横軸に、物語は淡々と進んでいく。船場《せんば》言葉と呼ばれる古き良き大阪弁の会話が、取り立てて筋書きのない長編に彩りと軽快なリズム感を添えている。

四女の妙子は芸術家肌で人形作りに才能を発揮したり、自由な恋愛を楽しむが、駆け落ちしたり腸チフスにかかったりと、こちらは波瀾万丈の人生を送る。

上流階級と書いたが、主人公である蒔岡家は、大阪経済の中心地であった船場の店をすでに失っており、財産の目減りも始まっている。それは、大正末から昭和初期にかけて「大大阪《だいおおさか》」と呼ばれ、東京をしのぐ活況を呈したこの街の、ゆっくりとした衰退の姿と相似形をなす。

谷崎はもともと東京・日本橋の生まれだが、関東大震災を機に関西へ居を移した。その水があったのか、転居後、『痴人の愛』『蓼喰う虫』『春琴抄』と代表作を発表する。一九三五年から『源氏物語』の現代語訳に取りかかり、三九年に完結。その次の大きな仕事が、この『細雪』となった。

谷崎は、従軍作家になるほどの軽薄さはなかったが、特に戦争に反対するでもなく、発禁処分を受けながらも、ただ黙々とこの長編小説を書き続けた。賛否はあるだろうが、その文学に向かう態度は、耽美派の真骨頂とは言えるだろう。

谷崎潤一郎のもう一つの特徴は、作品ごとに文体を大きく変える点にある。以下は『春琴抄』で佐吉が春琴のために目を突いたあとの場面。

程経て春琴が起き出でた頃手さぐりしながら奥《おく》の間に行きお師匠様私はめしいになりました。もう一生涯《いっしょうがい》お顔を見ることはございませぬと彼女の前に額《ぬか》ずいて云った。佐助、それはほんとうか、と春琴は一語を発し長い間黙然と沈思《ちんし》していた佐助はこの世に生れてから後にも先にもこの沈黙の数分間ほど楽しい時を生きたことがなかった昔悪七《あくしち》兵衛景清《びょうえかげきよ》は頼朝《よりとも》の器量に感じて復讐の念を断じもはや再びこの人の姿を見まいと誓《ちか》い両眼を抉《えぐ》り取ったと云うそれと動機は異なるけれどもその志の悲壮《ひそう》なことは同じであるそれにしても春琴が彼に求めたものはかくのごときことであったか過日彼女が涙を流して訴えたのは、私がこんな災難《さいなん》に遭《あ》った以上お前も盲目になって欲しいと云う意であったかそこまでは忖度《そんたく》し難いけれども、佐助それはほんとうかと云った短かい一語が佐助の耳には喜びに慄《ふる》えているように聞えた。

他にも『文章読本』『陰翳礼讃』などの随筆、評論、あるいは歴史小説など多岐にわたる仕事を残している。まさに「文豪」の名にふさわしい生涯だった。

『小さき者へ』

有島武郎　ありしま・たけお（1878〜1923）

生の持つ寂しさと矛盾を描く

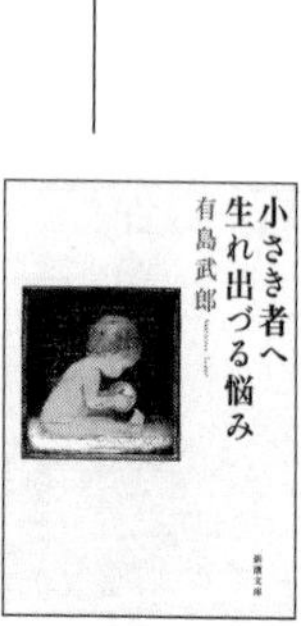

新潮文庫

芥川、川端、谷崎といった巨星たちに隠れて、今は読む人も少なくなってしまったが、大正文学と言えばこの人を忘れることはできない。志賀直哉、武者小路実篤らと同人誌『白樺』に加わった有島武郎は、しかし彼らに比べると少し年長で、しかもデビューは遅く、実質の活動は七年ほどに過ぎない。

有島文学の特徴を一言で言うなら、様々な矛盾を正面から真正直に受け止めた作風と言えるだろうか。幼少期から英語教育を受け、十歳で学習院に進学。皇太子の学友に選ばれるほどのエリート教育を受けてきた。しかしそういった周囲から決められたレールを嫌い、札幌農学校に進学。そこで内村鑑三らの影響を受けてクリスチャンとなる。

アメリカに四年間留学。ここでも彼の地のキリスト教徒の堕落に失望し、社会主義に関心を抱く。真面目すぎる、物事を突き詰めすぎる性格だったのだろう。作家として成功してからも、親から譲り受けた農地を解放したり、大杉栄らアナキストを支援するが、ただ自らがその運動の中に入ることはなかった。
『小さき者へ』は、幼くして母を失った三人の子どもたちを勇気づけるために書かれた感動的な手記だが、当の有島は、この五年後に人妻と不倫の上、その子どもたちを残して心中してしまう。まさに矛盾を抱えた生涯であり、彼の作品はその矛盾に向き合うためにこそ書かれた。

お前たちが大きくなって、一人前の人間に育ち上った時、――その時までお前たちのパパは生きているかいないか、それは分らない事だが――父の書き残したものを繰拡《くりひろ》げて見る機会があるだろうと思う。その時この小さな書き物もお前たちの眼の前に現われ出るだろう。時はどんどん移って行く。お前たちの父なる私がその時お前たちにどう映《うつ》るか、それは想像も出来ない事だ。（中略）
お前たちは去年一人の、たった一人のママを永久に失ってしまった。お前たちは生れると間もなく、生命に一番大事な養分を奪われてしまったのだ。お前達の人生はそこで既に暗い。

という書き出しから、

深夜の沈黙は私を厳粛にする。私の前には机を隔ててお前たちの母上が坐っているようにさえ思う。その母上の愛は遺書にあるようにお前たちを護らずにはいないだろう。よく眠れ。不可思議な時というものの作用にお前たちを打任してよく眠れ。そうして明日は昨日よりも大きく賢くなって、寝床の中から跳《おど》り出して来い。私は私の役目をなし遂げる事に全力を尽すだろう。私の一生が如何《いか》に失敗であろうとも、又私が如何なる誘惑に打負けようとも、お前たちは私の足跡に不純な何物をも見出し得ないだけの事はする。きっとする。お前たちは私の斃れた所から新しく歩み出さねばならないのだ。然しどちらの方向にどう歩まねばならぬかは、かすかながらにもお前達は私の足跡から探し出す事が出来るだろう。

小さき者よ。不幸なそして同時に幸福なお前たちの父と母との祝福を胸にしめて人の世の旅に登れ。前途は遠い。そして暗い。然し恐れてはならぬ。恐れない者の前に道は開ける。

行け。勇んで。小さき者よ。

という感動的なラストまで、凛とした文章が続く。そこで書かれていることは要するに、子どもたちに「母の死」という最も過酷な不条理に向き合って生きて行けという宣言だ。そしてそれは、「不出来な父のようにではなく」という注釈が、常について回るように感じられる。ここにエリート階級に生まれ、その出自から逃れられない有島の煩悶と苦悩がある。

ただこの煩悶は、単に有島個人だけのものではなかった。明治の先駆者たちは、いかに西洋近代を受容するかに腐心した。しかし大正文学の旗手たちには、すでに近代は自明のものであった。日本国自体も第一次世界大戦で漁夫の利を得て、世界の一等国へと躍り出たかに見えた。しかし足下の貧困は目を覆うばかりだ。格差は増大し、日本社会は、白樺派の人道主義だけでは乗り越えられないほどの矛盾を抱えはじめていた。

白樺派は大正デモクラシー下の理想主義の代名詞とされるが、そこにはすでに昭和のプロレタリア文学などへ向かう萌芽も見えている。本作もまた、ただの感動の物語ではない。そこには、生の持つ根源的な寂しさと矛盾が描かれている。

『月に吠える』

萩原朔太郎 はぎわら・さくたろう（1886〜1942）

口語自由詩を確立した「日本近代詩の父」

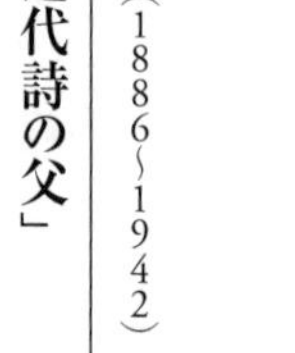

岩波文庫

島崎藤村を先駆とし、北原白秋らによって発展した日本の近代詩は、萩原朔太郎によってほぼ完成する。

「竹」
ますぐなるもの地面に生え、
するどき青きもの地面に生え、
凍れる冬をつらぬきて、
そのみどり葉光る朝の空路に、
なみだたれ、
なみだをたれ、
いまはや懺悔をはれる肩の上より、

けぶれる竹の根はひろごり、
するどき青きもの地面に生え。

白秋の時代には、まだ少し残っていた文語調が、ここでは完全に姿を消している。同時代の高村光太郎と並んで、朔太郎が「口語自由詩」の確立者と呼ばれる所以だ。彼には別に「日本近代詩の父」という称号もある。たしかに日本の近代詩は、朔太郎以前と以後に分かれる。

萩原朔太郎は一八八六年（明治十九年）、群馬の生まれ。超エリートの医者の一家に育つが、どうも本人は一所に腰を落ち着けられない性格だったようで、様々な学校で落第、退学を繰り返し、同い年の石川啄木などに比べると本格的なデビューも遅かった。

一九一三年（大正二年）、北原白秋の雑誌『朱欒《ザムボア》』に初めて詩を投稿する。以来、一つ年上の白秋に師事。さらに室生犀星らと交友を結ぶ。

ついに一九一七年、第一詩集『月に吠える』を出版するとたちまち評判となり、一躍大正詩壇の中枢を占めるようになる。『月に吠える』の冒頭に以下のような文章がある。

詩とは、決してそんな奇怪な鬼のやうなものではなく、実は却つて我々とは親しみ易い兄妹や愛人のやうなものである。

私どもは時々、不具な子供のやうないぢらしい心で、部屋の暗い片隅にすすり泣きをする。さういふ時、ぴつたりと肩により添ひながら、ふるへる自分の心臓の上に、やさしい手をおいてくれる乙女がある。その看護婦の乙女が詩である。

私は詩を思ふと、烈しい人間のなやみとそのよろこびとをかんずる。

詩は神秘でも象徴でも鬼でもない。詩はただ、病める魂の所有者と孤独者との寂しいなぐさめである。

詩を思ふとき、私は人情のいぢらしさに自然と涙ぐましくなる。

たしかに朔太郎の詩には「寂しさ」と「慰め」が常に共存している。

「悲しい月夜」
ぬすつと犬めが、
くさつた波止場の月に吠えてゐる。
たましひが耳をすますと、
陰気くさい声をして、

黄いろい娘たちが合唱してゐる、
合唱してゐる、
波止場のくらい石垣で。

いつも、
なぜおれはこれなんだ、
犬よ、
青白いふしあはせの犬よ。

この寂寥《せきりょう》感は、大きな国家目標を失った大正期の青年の心を捉えた。詩壇での名声が上がる一方で、朔太郎の孤独感はさらに増していく。それでも朔太郎を慕う若者は多く、三好達治、堀辰雄、梶井基次郎らが門人、書生となった。宮沢賢治や西脇順三郎も強い影響を受けたとされる。

しかし、孤独を愛し、孤独と向き合うことで詩を書き続けてきた萩原朔太郎でさえも、一九三〇年代になると古典に回帰し日本主義を標榜《ひょうぼう》するようになる。一九四二年、太平洋戦争のさなかに逝去。享年五十五。

『紙風船』

岸田國士　きしだ・くにお（1890〜1954）

日常会話だけで劇になることを証明

ハヤカワ演劇文庫

大正文学の牧歌の時代が終わりを告げようとしていた頃、演劇界にも大きな変化があった。

関東大震災の翌年一九二四年（大正十三年）、「築地小劇場」が開業する。東京壊滅の報を聞いて留学先のドイツから急遽帰国した演出家・土方与志《ひじかたよし》が建てた本邦初の近代演劇専用劇場だ。

その前年の七月、岸田國士もフランスから帰国。こちらは約一ヶ月後に震災に遭遇する。
日本の近代戯曲の父とも言われる岸田國士は、軍人の家に生まれ士官学校を経て任官、しかし文学への思い断ちがたく親に勘当されながら、東京帝国大学文科大学（のちの文学部）に入学、さらに渡仏。

鷗外や漱石が国家からの派遣留学生だったのに対して、土方与志や岸田國士は自費での洋行を果たしている。第一次世界大戦後、日本は民間人が自費で海外渡航できるほどの富を蓄えた。
岸田國士は旺盛に戯曲を執筆し人気作家となった。『紙風船』はその代表作で、結婚一年目の夫婦の、ある日曜日のたわいもない会話が描かれている。

夫　あゝあ、これがたまの日曜か。
妻　ほんとよ。
夫　（また新聞を拾ひ上げ、読むともなしに）かういふ場合の処置なんていふことを、新聞で懸賞募集でもして見たら、面白いだらうな。
妻　あたし出すの。
夫　（新聞に見入りながら、興味がなさゝうに）何んて出す。
妻　問題はなんて云ふの。
夫　問題か……問題はね、結婚後一年の日曜日を如何に過すか……。
妻　それぢや、わからないわ。
夫　わからないことはないさ。ぢや、お前云つて見ろ。
妻　日曜日に妻が退屈しない方法。

夫　そして、夫も迷惑しない方法……。
妻　い丶わ。
夫　名案があるのか。
妻　あるの。先づ女は、朝起きたら、早速お湯に行つて、ちやんとお化粧をすまして、着物を着替へて、一寸お友達の処へ行つて来ますつて云ふの。
夫　すると……。
妻　すると、男は、きつといやな顔をするにきまつてるでせう。
夫　きまつてやしないさ。

全編がこんな調子だ。演劇は英雄や極悪人が現れなくても、日常会話だけで構成できることを岸田は証明した。日本近代文学が成し遂げた変革を、二十年遅れであったが、岸田はたった一人で行った。

ただ岸田國士の作品の中でも、やはりこの『紙風船』はとりわけすぐれており、今も上演が続いている。終盤も、こんな感じだ。

妻　あなたは、あんまり、あたしを甘やかし過ぎるのよ。（編物をし始める）

夫　さうでもあるまい。
妻　い丶え、さうなのよ。
夫　むづかしいもんだな。
妻　よそのうちを御覧なさいよ。
夫　見てるよ。
妻　あの通りになさいよ。
夫　出来ないよ。
妻　女はつけ上るものよ。
夫　知つてるよ。
妻　そいぢやい丶わ。
（長い沈黙）
夫　おれたちは、これで、うまく行つてる方ぢやないかなあ。
妻　もう少しつていう処ね。
夫　金かい。
妻　さうぢやないのよ。
（長い沈黙）

夫　犬でも飼はうか。
妻　小鳥の方がよかない。

岸田は一九四〇年、大政翼賛会文化部長に就任する。戦争協力のそしりは免れないが、一方でそれは、移動劇団を組織し若い俳優たちが戦場に送られることを阻止したという評価もある。

土方与志は反体制運動に回り亡命ののち強制帰国、敗戦まで刑務所に入る。日本の近代演劇は産声を上げるとすぐに、時代とイデオロギーの大波に翻弄されることとなった。

戦後は一時公職追放の対象となるも、すぐに現場に復帰し、文学座の主要メンバーとして活動した。一九五四年、舞台稽古中に脳卒中で倒れて死去。享年六十三。

岸田國士は、ある年代には岸田今日子さんのお父さんといった方が通りがいいかもしれない。私は以前、岸田國士の戦争責任についての文章を書き、その旨を岸田今日子さんに手紙に書いて送ったところ、すぐに美しい絵はがきが来た。そこには、「丁寧に書いてくださってありがとうございます。父はドン・キホーテのような人でした」と書いてあった。

岸田國士の名前は今も、新人劇作家の最高の栄誉とされる「岸田國士戯曲賞」の名で演劇界に残っている。

第五章

戦争と向き合う文学者たち

『蟹工船』

小林多喜二 こばやし・たきじ（1903〜1933）

プロレタリア文学の代表作

新潮文庫

あらためて、ここまでの流れをまとめてみる。十九世紀末に産声を上げた日本の近代文学は、一九〇〇年代にほぼ完成を見て、大正期には爛熟の時を迎えた。一方、日本国は第一次世界大戦で漁夫の利を得て一等国の仲間入りをしたが、社会の分断が進み、人々の生活に対する不安は増大するばかりだった。度重なる戦争は国民に大きな負担を課したが、一方、戦勝から得た恩恵は一部の者にしか行き渡らない。

大正デモクラシーが幾多の分裂ののちに共産主義運動、地下活動へと変容していくように、白樺派に代表される大正文学の人道主義もプロレタリア文学へと姿を変えていった。小林多喜二の『蟹工船』は、その代表的な作品だ。

「おい地獄さ行《え》ぐんだで！」

二人はデッキの手すりに寄りかゝって、蝸牛《かたつむり》が背のびをしたように延びて、海を抱《かか》え込んでいる函館《はこだて》の街を見ていた。——漁夫は指元まで吸いつくした煙草《たばこ》を唾《つば》と一緒に捨てた。巻煙草はおどけたように、色々にひっくりかえって、高い船腹《サイド》をすれ〴〵に落ちて行った。彼は身体《からだ》一杯酒臭かった。

本作はその名の通り、北洋の蟹漁の船内の過酷な労働と、その労働者たちが団結に目覚める過程が、生き生きとした描写で描かれる。東北の農家の二男、三男を中心に北日本の食い詰め者たちが、目先の賃金に吸い寄せられるように集められ、北の海の地獄へと送り出される。命の値段は水に漂う木の葉のように安く、人々はあっけなく死んでいく。

——蟹工船はどれもボロ船だった。労働者が北オホーツクの海で死ぬことなどは、丸ビルにいる重役には、どうでもいゝ事だった。資本主義がきまりきった所だけの利潤では行き詰り、金利が下がって、金がダブついてくると、「文字通り」どんな事でもするし、どんな所へでも、死物狂いで血路を求め出してくる。そこへもってきて、船一艘でマンマと何拾万円が手に入る蟹工船、——彼等の夢中になるのは無理がない。

冷凍保存技術のなかった当時、蟹は獲れたそばから船上で缶詰になった。蟹工船とは文字通り「工船」であるから航海法は適用されない。と同時に純然たる工場でもないから工場法も適用されない。今で言えば歪んだ経済特区のような空間で、資本家は搾取し放題となる。だが、この過酷な労働を支えたのは鞭《むち》だけではない。「愛国心」という甘美な飴によって人々はこの地獄を耐えようとした。

「――仕事の性質《たち》が異《ちが》うんだ。いいか、その代り蟹が採れない時は、お前達を勿体ない程ブラブラさせておくんだ。」監督は「糞壺」へ降りてきて、そんなことを云った。「露助はな、魚が何んぼ眼の前で群《く》化《き》てきても、時間が来れば一分も違わずに、仕事をブン投げてしまうんだ。んだから――んな心掛けだから露西亜《ロシア》の国があ、なったんだ。日本男児の断じて真似《まね》てならないことだ！」

何に云ってるんだ、ペテン野郎！　そう思って聞いていないのもあった。然し大部分は監督にそう云われると日本人は矢張り偉いんだ、という気にされた。そして自分達の毎日の残虐な苦しさが、何か「英雄的」なものに見え、それがせめても皆を慰めさせた。

甲板で仕事をしていると、よく水平線を横切って、駆逐艦が南下して行った。後尾に日本の旗がはためくのが見えた。漁夫等は興奮から、眼に涙を一杯ためて、帽子をつかんで振った。――あれだけだ。俺達の味方は、と思った。

「畜生、あいつを見ると、涙が出やがる。」

それでも、あまりの過酷さに耐えかねて一度は団結をして蜂起する労働者たちだったが、頼みの綱だった日本海軍にあっけなく鎮圧されてしまう。やがて、もう一度組織化を試み、船長たちに立ち向かっていこうとするところで本編は終わる。今読むと、労働争議に対しては理想的に過ぎるようにも見えるが、当時としてはこれが精一杯の希望だったのだろう。

二〇〇八年から〇九年、年越し派遣村などが話題になった時期に、空前の『蟹工船』ブームが起き漫画化や映画化もされたので、そちらで触れた方も多いのではないか。様々な角度から、現代社会と通底する面がある作品で、最近は「現代の蟹工船」という比喩が一般にも使われるようになった。

本作の発表は一九二九年。翌年に不敬罪、治安維持法違反などで起訴される。三一年に保釈出獄するが、二年後に再逮捕。そして、その日のうちに拷問により警察署内で死亡。

日本近代文学は、誕生から半世紀も経たないうちに、大きな岐路に立つこととなった。

『銀河鉄道の夜』

宮沢賢治　みやざわ・けんじ（1896〜1933）

一人の少年の成長物語

新潮文庫

私の名前「オリザ」はラテン語で「稲」という意味で、戦中派の父が、どうか息子は食いっぱぐれがないようにと、宮沢賢治の『グスコーブドリの伝記』からとってきたらしい。

宮沢賢治は一八九六年、明治三陸大津波の年に岩手県花巻に生まれ、一九三三年、昭和の三陸大津波の年に三十七歳の若さで亡くなった。生前はほとんど評価はされず、没後、草野心平、高村光太郎らの尽力によって遺稿の出版が相次ぎ急速に知名度を高めた。

そのような経緯もあって、宮沢賢治の作品群は、死後に多くの原稿が発見され、そのたびに改訂作業が行われ新版が発刊されることになった。もちろん賢治自身が、一つの作品について繰り返し膨大な量の推敲を行ってきたことも影響している。

『銀河鉄道の夜』も一九二四年に着想、執筆。その後も推敲、改訂が繰り返され、現在流布しているストーリーは、戦後もしばらくして発見された第四次稿と呼ばれる作品である。

よく知られるように本作は、ジョバンニとカムパネルラという二人の少年が、銀河鉄道に乗って宇宙を旅するという筋書きだ。そして結末、すでにカムパネルラは川で溺れそうになった友人を助けようとして亡くなっていたことが明らかになる。

この不思議な童話は、多様な解釈を許容する。私は、この作品をフランスで子ども向けの舞台として上演した際、一人の少年が旅を通じて様々な人と出会い、そのことによって友人の死を受け入れ成長していく、少年の成長物語として劇化した。

カムパネルラは、いじめっ子のザネリを助けるために溺死する。それは極めて不条理な死だ。夢の中での長い旅を終えて、最終盤、カムパネルラのお父さんはジョバンニに以下のように語りかける。

「もう駄目《だめ》です。落ちてから四十五分たちましたから。」
ジョバンニは思わずかけよって博士の前に立って、ぼくはカムパネルラの行った方を知っていますぼくはカムパネルラといっしょに歩いていたのですと云おうとしましたがもうのどがつまって何とも云えませんでした。すると博士はジョバンニが挨拶《あいさつ》に来たとでも思ったものですか、しばらくしげしげジョバンニを見ていましたが
「あなたはジョバンニさんでしたね。どうも今晩はありがとう。」と叮《てい》ねいに云いました。

ジョバンニは何も云えずにただおじぎをしました。

「あなたのお父さんはもう帰っていますか。」博士は堅《かた》く時計を握《にぎ》ったままたききました。

「いいえ。」ジョバンニはかすかに頭をふりました。

「どうしたのかなあ。ぼくには一昨日《おととい》大へん元気な便りがあったんだが。今日あたりもう着くころなんだが。船が遅《おく》れたんだな。ジョバンニさん。あした放課後みなさんとうちへ遊びに来てくださいね。」

そう云いながら博士はまた川下の銀河のいっぱいにうつった方へじっと眼を送りました。

ジョバンニはもういろいろなことで胸がいっぱいでなんにも云えずに博士の前をはなれて早くお母さんに牛乳を持って行ってお父さんの帰ることを知らせようと思うともう一目散に河原を街の方へ走りました。

親しい者の死を受け入れることは、宇宙を一周、経巡るほどに時間がかかる。それでも私たちは他者の死を受け入れ、明日を生きていかなければならない。

明治、昭和の大津波の際も、おそらく多くの避難民が内陸部の花巻までやってきたことだろう。津波という人の生命を理不尽に脅かす災害が、賢治の作風に無意識の影響を与えていたかもしれない。あるいは、遠い大陸での戦争に、赤紙一枚で連れて行かれる東北の農民たちの不条理も、そこには影を落としていたのかもしれない。

『銀河鉄道の夜』が書かれた一九二〇年代中盤は、賢治にとって最も激動の時期だった。二二年（大正十一年）最愛の妹トシが逝去。二四年、『心象スケッチ　春と修羅』を自費出版。同年『注文の多い料理店』も出版。二六年、花巻農学校を退職して羅須《らす》地人協会を設立する。この年の年末、大正天皇危篤の報を受けて混乱する東京に上京。このとき初めて高村光太郎を訪ねた。

宮沢賢治は大正文学の爛熟と駘蕩《たいとう》の時代から昭和前期の文学の混沌への端境期に、東北の片隅で生まれた小さな種だった。しかしこの種は死後、美しい大輪の花を咲かせることになる。

一方、宮沢賢治は、のちに満州国建設にも深く関わる国柱《こくちゅう》会に心酔していた。もしもあと数年、賢治が生きていたら、戦争を賛美する醜い詩を書いていたかもしれない。その点では、賢治はよき時代を生きた。

『風立ちぬ』

堀辰雄　ほり・たつお（1904〜1953）

生のはかなさから生まれる美しい風景

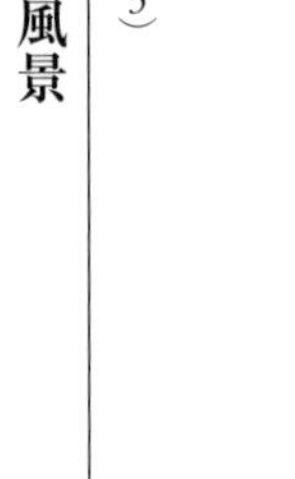

新潮文庫

スタジオジブリが同名の長編アニメを創ったので、この題名は若い世代にも広く知られるところとなった。宮崎アニメは、この小説を背景にしながら、作者堀辰雄と、零戦の設計者堀越二郎の前半生を重ね合わせ、戦争と科学技術の葛藤や相克を描く複雑な構造になっている。

一方、小説『風立ちぬ』には戦争の影はほとんど見られない。発表は一九三六年〜三八年。

ここまでで見てきたように、すでに小林多喜二のような立場をとる小説家は作品の発表さえ許されず、谷崎のように超然とするか、岸田國士のように戦争協力に走るか以外に文学者の選択肢はなかった。三七年、林芙美子は南京攻略戦に新聞特派員として随行。三八年には火野葦平の従軍小説『麦と兵隊』がベストセラーとなる。

一方、本作『風立ちぬ』は若い男女の出会いから死別までの短い時間が描かれている。

その主要な部分は高原のサナトリウムで療養を続ける婚約者と、それを看病する「私」の淡々とした描写やたわいもない会話によって構成される。しかしその描写が淡々としていればいるほど、限りある生を懸命に生きようとする二人の姿が浮き彫りになってくる。

「いや、お前のことをもっともっと考えたいんだ……」私はそのとき咄嗟《とっさ》に頭に浮んで来た或る小説の漠としたイデエをすぐその場で追い廻し出しながら、独り言のように言い続けた。「おれはお前のことを小説に書こうと思うのだよ。それより他のことは今のおれには考えられそうもないのだ。おれ達がこうしてお互に与え合っているこの幸福、――皆がもう行き止まりだと思っているところから始っているようなこの生の愉しさ、――そう云った誰も知らないような、おれ達だけのものを、おれはもっと確実なものに、もうすこし形をなしたものに置き換えたいのだ。分るだろう?」

(中略)

冬になる。空は拡がり、山々はいよいよ近くなる。その山々の上方だけ、雪雲らしいのがいつまでも動かずにじっとしているようなことがある。そんな朝には山から雪に追われて来るのか、バルコンの上までがいつもはあんまり見かけたことのない小鳥で一ぱいになる。

堀辰雄の風景描写は比類がないほどに美しい。国木田独歩の『武蔵野』から三十数年が過ぎ、日本近代文学の描写の文体はさらに進化を続けた。

アニメ『風立ちぬ』のキャッチフレーズは「生きねば。」だった。これは、小説『風立ちぬ』の有名な一節「風立ちぬ、いざ生きめやも」から採られている。このフレーズはフランスの詩人ポール・ヴァレリーの「海辺の墓地」の一節を訳したものだ。しかし、この「生きめやも」というのは文法上は普通に解釈すると「生きない」ということになってしまう。本来の原文の意味は「風が立った、さぁ、生きようと試みなければならない」となるはずだ。堀辰雄もそのつもりで書いているのだが美文の筆が走りすぎた。しかし、堀辰雄ほどになると、文法上は間違っていてもなんだか様になっているところがすごい。

アニメ『風立ちぬ』の主人公、実在の人物である堀越二郎と、小説家堀辰雄は名前の類似という連想だけではなく、丸眼鏡の風貌も少し似ている。しかし何より宮崎駿さんが、この小説から強く影響を受けたのも、忍び寄る戦争の影ではなかったか。

表面的な好景気の裏で、ファシズムの跫音《きょうおん》がいよいよ近づく中、しかし堀辰雄は、独自の文学世界を切り開いていった。

「……あなたはいつか自然なんぞが本当に美しいと思えるのは死んで行こうとする者の眼にだけだと仰《おっ》しゃったことがあるでしょう。……私、あのときね、それを思い出したの。何んだかあのときの美しさがそんな風に思われて」

人の生は、これほどにはかなく、個人では制御不可能だ。それでも私たちは生きなければならない。生きようと試みなければならない。本作には戦争の影はないと書いた。しかし戦場に赴く多くの若者たちがこの小説を読み「生の有限性」と、その中で生きる意味を必死に模索したことは想像に難くない。

かつて死が生活と隣り合わせだった時代、いくつかの「療養文学」と呼べるような作品が生まれた。トーマス・マンの『魔の山』は、その至高のものであるし、志賀直哉の『城の崎にて』もその系譜かもしれない。村上春樹さんの『ノルウェイの森』は、その現代における新しい形と言えようか。

どの作品もまた、生の危うさと、それを実感することから来る、新しい風景の発見、生の喜びが描かれている。『風立ちぬ』は、その中でも珠玉の作品と呼べるだろう。

『智恵子抄』

高村光太郎　たかむら・こうたろう（1883〜1956）

全編を貫く美しい絶望

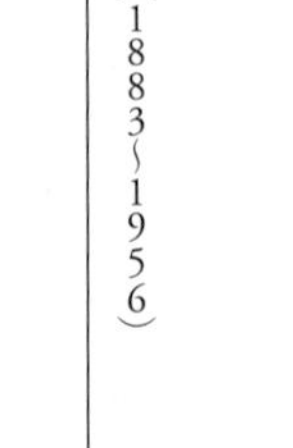
新潮文庫

晩年の代表作『典型』の名の通り、高村光太郎は、まさに近代日本のある種の典型のような人物だった。

上野の西郷像を作った高村光雲を父に持ち、若くから将来を嘱望され一九〇六年、二十三歳で渡米、三年間を米国、欧州で過ごす。帰国後は日本社会や日本の美術界の閉鎖性に反感を持ち、しばらくは放蕩の生活を送る。しかし長沼智恵子と出会い、これを機に生活も健全なものへと向かう。一四年、詩集『道程』を発表して一躍文壇に名前をはせた。同年、智恵子と結婚。その後の二十数年は、本業の彫塑を中心に活動する。

「道程」
僕の前に道はない
僕の後ろに道は出来る

ああ、自然よ
父よ
僕を一人立ちにさせた廣大《こうだい》な父よ
僕から目を離さないで守る事をせよ
常に父の気魄《きはく》を僕に充たせよ
この遠い道程のため
この遠い道程のため

この「道程」は元は百行以上の長詩だったが、今はこちらの方が流布している。やがて智恵子が精神病を発病、長い闘病生活に入る。一九四一年、智恵子の死の三年後『智恵子抄』を刊行、ベストセラーとなる。

「樹下の二人」——みちのくの安達が原の二本松松の根かたに人立てる見ゆ——
あれが阿多多羅山《あたたらやま》、
あの光るのが阿武隈川。

かうやつて言葉すくなに坐つてゐると、
うつとりねむるやうな頭の中に、
ただ遠い世の松風ばかりが薄みどりに吹き渡ります。
この大きな冬のはじめの野山の中に、
あなたと二人静かに燃えて手を組んでゐるよろこびを、
下を見てゐるあの白い雲にかくすのは止しませう。

一方、智恵子の死後、その心の空白を埋めるかのように、高村は国粋主義、戦争賛美の詩を書き始める。

記憶せよ、十二月八日。
この日世界の歴史あらたまる。
アングロ・サクソンの主権、
この日東亜の陸と海とに否定さる。
否定するものは彼等のジャパン、

眇たる東海の国にして、
また神の国なる日本なり。

（「十二月八日」『大いなる日に』より）

さらに戦後は、敬愛した宮沢賢治の故郷花巻に蟄居《ちっきょ》し、悔恨と反省の詩を書き続ける。

二十一世紀を生きる私たちが、高村の変遷を「西洋かぶれが急にネトウヨになった」と笑うことはたやすい。しかし彼の生涯はまさに、十九世紀末に産声を上げた近代日本が歩んできた道程そのままではないか。あるいは、日本近代文学の変遷そのままと言っても過言ではない。

若くして海外を見た高村にとって、西洋は巨大な壁であった。パリのノートルダム大聖堂の荘厳さと、自分の小ささを描いた長編詩「雨にうたるるカテドラル」を発表したのは、帰国から十年以上経った一九二一年。第一次世界大戦が終わり、日本全体が大国の仲間入りをしたと浮かれていた時代である。

おう雨にうたるるカテドラル。
息をついて吹きつのるあめかぜの急調に
俄然とおろした一瞬の指揮棒、

天空のすべての樂器は混亂して
今そのまはりに旋回する亂舞曲。
おうかかる時默り返つて聳え立つカテドラル、
嵐になやむ巴里の家家をぢつと見守るカテドラル、
今此処で、
あなたの角石《かどいし》に両手をあてて熱い頬《ほ》を
あなたのはだにぴつたり寄せかけてゐる者をぶしつけとお思ひ下さいますな、
酔へる者なるわたくしです。
あの日本人です。

（「雨にうたるるカテドラル」より）

高村は、あくまで理性の人であった。彼は自分が宮沢賢治にはなれないことを自覚していたし、まして精神を病んだ智恵子のようになれないことも分かっていた。『智恵子抄』が美しいのは、その絶望が全編を貫いているからだ。

「あどけない話」

智恵子は東京に空が無いといふ、

ほんとの空が見たいといふ。
私は驚いて空を見る。
桜若葉の間に在るのは、
切つても切れない
むかしなじみのきれいな空だ。
どんよりけむる地平のぼかしは
うすもも色の朝のしめりだ。
智恵子は遠くを見ながら言ふ。
阿多多羅山《あたたらやま》の山の上に
毎日出てゐる青い空が
智恵子のほんとの空だといふ。
あどけない空の話である。

しかしその絶望と諦念は半面、彼を戦争詩へと向かわせた。人間はかくも弱い。
智恵子は見えないものを見、聞えないものを聞く。
（「値《あ》ひがたき智恵子」より）

『怪人二十面相』

江戸川乱歩　えどがわ・らんぽ（1894〜1965）

日本の推理小説の基盤

岸田國士、堀辰雄、高村光太郎など大正末から昭和初期に登場した文学者たちは、かの戦争についてそれぞれの生き方、向き合い方を選択した。

日本の推理小説の開祖江戸川乱歩もまた、その一人だった。エドガー・アラン・ポーから筆名をとった乱歩は当初から日本に新しい探偵小説を生み出そうと研鑽《けんさん》する一方、『人間椅子』『芋虫』など猟奇的な短編を書いて注目を集めた。

たとえば『人間椅子』は椅子の中に潜む醜い椅子職人の物語だ。

声によって想像すれば、それは、まだうら若い異国の乙女《おとめ》でございました。丁度その時、部屋の中には誰もいなかったのですが、彼女は、何か嬉しいことでもあった様子で、小声で、不思議な歌を歌いながら、躍《おど》る様な足どりで、そこへ這入って参りました。そして、私のひそんでいる肘掛椅子の前まで来たかと思うと、いきなり、豊満な、それで

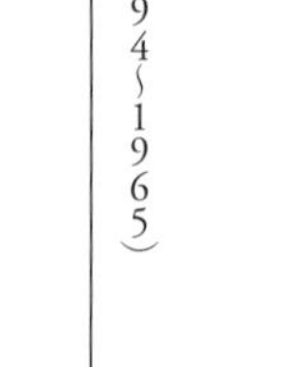

ポプラ文庫クラシック

いて、非常にしなやかな肉体を、私の上へ投げつけました。しかも、彼女は何がおかしいのか、突然アハアハ笑い出し、手足をバタバタさせて、網の中の魚の様に、ピチピチとはね廻るのでございます。
それから、殆ど半時間ばかりも、彼女は私の膝の上で、時々歌を歌いながら、その歌に調子を合せでもする様に、クネクネと、重い身体を動かして居りました。
これは実に、私に取っては、まるで予期しなかった驚天動地《きょうてんどうち》の大事件でございました。

乱歩はさらに『陰獣』『蜘蛛男』など、猟奇性を増した作品をヒットさせていく。これは「エログロナンセンス」と呼ばれる昭和初期の退廃した雰囲気にもマッチした。一九二九年の世界大恐慌から、一九三六年の二・二六事件のあたりまで、人心は荒廃の一途を辿り社会の閉塞感はより強くなった。三六年の阿部定事件を頂点として、人々はやるせない不安のはけ口をエロスや暴力に求めた。

一方、二・二六事件を契機にして、日本社会は一気に国家主義的な色彩を強めていく。検閲はこれまで以上に厳しさを増すようになった。実際、四肢を失った傷痍《しょうい》軍人の夫を妻がもてあそぶという内容の『芋虫』は、刊行から十年も経った三九年に発禁処分となっている。

時局に鑑みれば、今後は自由な表現はなかなか難しいだろうと感じた江戸川乱歩は、作品発表の場を少年雑誌へと移していく。講談社の『少年倶楽部』に発表された『怪人二十面相』は大ヒットとなり、読者の幅を大きく広げる結果となった。

探偵小説の一つの特徴は、他の文学作品と異なり、一人の名探偵がいくつもの作品に登場する点にある。古くはシャーロック・ホームズあるいはエルキュール・ポアロ。『怪人二十面相』の主人公明智小五郎は、日本におけるその先駆となった。そればかりか悪役側の怪人二十面相、明智探偵とともに悪と戦う少年探偵団も人気を博し、戦後、映画化、ドラマ化が続く。

『怪人二十面相』の書き出しは、こんな具合だ。


そのころ、東京中の町という町、家という家では、ふたり以上の人が顔をあわせさえすれば、まるでお天気のあいさつでもするように、怪人「二十面相」のうわさをしていました。

「二十面相」というのは、毎日毎日、新聞記事をにぎわしている、ふしぎな盗賊《とうぞく》のあだ名です。その賊は二十のまったくちがった顔を持っているといわれていました。つまり、変装《へんそう》がとびきりじょうずなのです。

当たり前のことだが、子ども向けとは言え、かつての猟奇的な作品とは、ずいぶん文体が変わっている。

戦前を代表する少年誌『少年倶楽部』は七十五万部という当時としては圧倒的な発行部数を誇った。人気の連載は田河水泡の戦争漫画『のらくろ』や、平田晋策（私の大叔父）の『昭和遊撃隊』『新戦艦高千穂』といった子ども向けのSF軍事小説だった。

乱歩自身は戦後も旺盛に執筆活動を続けるとともに、後身の発掘にも当たった。弟子の山田風太郎はもとより、高木彬光《あきみつ》、筒井康隆、大藪春彦、星新一など、彼に見いだされた作家は枚挙にいとまがない。一九六五年没。享年七十。

現在、東野圭吾さんから『名探偵コナン』に至るまで、日本の推理小説、ミステリーは極めて幅広い展開を見せ、海外でも高い評価を得ている。その基盤を作ったのは紛れもなく江戸川乱歩だが、その背景に戦前の言論弾圧があったことは、あまり知られていない。

『山椒魚』

井伏鱒二 いぶせ・ますじ（1898〜1993）

井伏文学のエッセンスの凝縮

新潮文庫

多くの作家が戦争に対して様々な距離をとる中、戦前、戦後を通じて超然として見える作家は谷崎の他にもいる。井伏鱒二もその一人だ。

十九世紀末に生まれた井伏は、一九二九年、『山椒魚』『屋根の上のサワン』を相次いで発表、注目を集める。三八年には『ジョン萬次郎漂流記』で第六回の直木賞を受賞。

初期の代表作である『山椒魚』には、井伏文学のエッセンスが詰まっている。ユーモア、批評性、叙情、諦観、小さき者への愛情……。

「山椒魚は悲しんだ」という冒頭の一文からして、そのすべてが含まれているではないか。

山椒魚《さんしょううお》は悲しんだ。

彼は彼の棲家《すみか》である岩屋から外に出てみようとしたのであるが、頭が出口につかえて外に出ることができなかったのである。今はもはや、彼にとっては永遠の棲家である岩屋は、出入口のところがそんなに狭かった。

谷川の岩屋をすみかとしていた山椒魚が、ある日、自分の身体が成長して岩窟の外に出られなくなっていることに気がつく。

「なんたる失策であることか！」

山椒魚は強がったり、諦めたり、再び悲しんだりを繰り返す。やがて、この岩屋にちん入してきた蛙との奇妙な生活が始まる。山椒魚は蛙を外に出すまいと岩屋の窓を自らの体で塞いでしまう。蛙と山椒魚は罵り合う。

「一生涯ここに閉じ込めてやる！」

悪党の呪《のろ》い言葉は或る期間だけでも効験がある。蛙は注意深い足どりで凹みにはいった。そして彼は、これで大丈夫だと信じたので、凹みから顔だけ現わして次のように言った。

「俺は平気だ」

「出て来い！」

山椒魚は怒鳴《どな》った。そうして彼らは激しい口論をはじめたのである。

「出て行こうと行くまいと、こちらの勝手だ」

「よろしい、いつまでも勝手にしてろ」

「お前は莫迦だ」

「お前は莫迦だ」


一年が過ぎた。まだ口論は続く。


山椒魚は岩屋の外に出て行くべく頭が肥大しすぎていたことを、すでに相手に見ぬかれてしまっていたらしい。

「お前こそ頭がつかえてそこから出て行けないだろう？」

「お前だって、そこから出ては来れまい」

「それならば、お前から出て行ってみろ」

「お前こそ、そこから降りて来い」

さらにまた一年が過ぎた。蛙の嘆息を聞いた山椒魚は蛙を許そうとする。しかし蛙は空腹で、もう動くだけの力がなく、大きなため息をつく。

山椒魚がこれを聞きのがす道理はなかった。彼は上の方を見上げ、かつ友情を瞳に罩《こ》めてたずねた。

「お前は、さっき大きな息をしたろう？」

相手は自分を鞭撻《べんたつ》して答えた。

「それがどうした？」

「そんな返辞をするな。もう、そこから降りて来てもよろしい」

「空腹で動けない」

「それでは、もう駄目《だめ》なようか？」

相手は答えた

「もう駄目なようだ」

よほど暫《しばら》くしてから山椒魚はたずねた。

「お前は今どういうことを考えているようなのだろうか？」

相手は極めて遠慮がちに答えた。

「今でもべつにお前のことをおこってはいないんだ」

年配の多くの読者は、この幕切れを強く記憶しているだろう。しかし井伏鱒二は最晩年、全集の発刊にあたって、このラストシーンをすべてカットし物議を醸すこととなった。

井伏は直木賞受賞作家の中で最も早く選考委員となり、さらに芥川賞の選考委員も務めた。温厚な人柄を慕って多くの文学者が彼の周りに集まった。あの偏屈な太宰治でさえ、井伏にだけは全面的な信頼を寄せていた。

井伏作品の中で私が最も好きなものの一つは『厄除け詩集』と題された漢詩の超訳だ。有名なものは于武陵《うぶりょう》の「勧酒」の訳。

コノサカヅキヲ受ケテクレ
ドウゾナミナミツガシテオクレ
ハナニアラシノタトヘモアルゾ
「サヨナラ」ダケガ人生ダ

あるいは、高適《こうせき》の『田家春望』。

ウチヲデテミリヤアテドモナイガ
正月キブンガドコニモミエタ
トコロガ會ヒタイヒトモナク
アサガヤアタリデ大ザケノンダ

井伏は一九二〇年代後半から亡くなるまでの五十年以上を荻窪で過ごした。最晩年に発表した『荻窪風土記』には、そこでの数々のエピソードが描かれている。

一九六五年から出身地でもある広島を題材にした『黒い雨』の連載を開始、翌年刊行。同年、文化勲章を受章。一九九三年、九十五歳の長寿をまっとうした。

『浮雲』

林芙美子　はやし・ふみこ（1903〜1951）

戦争直後の虚脱感を表す傑作

新潮文庫

一九三〇年、林芙美子はかつて連載を続けていた『放浪記』『続放浪記』を相次いで刊行、一躍、人気作家となった。当時二十七歳。翌年には洋行して、パリ、ロンドンに滞在、紀行文を書いて人気を博す。仕事を断らない林はマスコミに重宝され、ラジオや講演にも引っ張りだことなった。

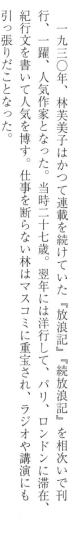

三七年、南京攻略戦に新聞社の特派員として従軍。翌三八年には内閣情報部が組織した「ペン部隊」の一員として武漢攻略戦に参加。漢口一番乗りを果たして勇名をはせる。「大衆作家」が、大衆の望むものを書く作家と規定できるなら、林芙美子はまさにその典型だった。当時、大衆は戦地の状況を知りたがった。連戦連勝の大本営発表だけではなく、戦場の兵士たちの様子が知りたかった。そして林芙美子はそれを書いた。

戦意高揚に加担し、おそらくは目撃したであろう日本軍の残虐行為を糊塗《こと》した林の罪は重い。しかし文学史的に見ると、この林の従軍が『浮雲』という一編の名作を生んだことは間違いない。それは、他のインテリ作家たちが書いた「戦後文学」とも異なり、戦争直後の日本人の言いようのない虚脱感、喪失感を見事に表す傑作となった。

シャワーを浴びた富岡は、こざっぱりと服を替えて、階下の食堂へ降りて行くと、加野が、ヴェランダに向って、木椅子《いす》に呆んやり腰をかけていた。富岡はシュバリエの植物誌の重い本をかかえて、加野の横の木椅子に腰をかけた。正面にランビァンの山を眺め、眼の下に湖が白く光っていた。誰もいない後の部屋では、からからと扇風機が鳴っている。富岡に命じられて、ニウが冷いビールと鴨《かも》の冷肉を大皿に盛りあわせて持って来た。

「一杯どうだ!」

富岡が加野に声をかけると、加野はものうげにコップを手に取った。小禽《ことり》が騒々しく四囲にさえずっている。ビールを飲みながら、景色を見ていると、山の色が太陽の光線の工合で、少しずつ色が変っていった。

日本軍が進駐したベトナムで、フランス人たちが残した住居に暮らし、貴族のような生活を経験した男女が、戦後、食うや食わずの生活を続け、国内を点転として逢瀬を繰り返し、やがて屋久島に辿り着き悲惨な末路を迎える。

照国丸は、まるで仏印通いの船のようだった。そうした、錯覚で、富岡は、今朝、このままゆき子とこの船へ乗れたなら、どんなにか愉《たの》しい船旅だったろうと思えた。だが、この快適な船は、屋久島までの航路で、それ以上は、今度の戦争で境界をきめられてしまっているのだ。この船は、屋久島から向うへは、一歩も出て行けない。南国の、あの黄ろい海へ向って、この船は航路を持ってはいないのだ。

一九五三年に奄美群島が返還される以前、当時の屋久島は日本国の最南端であった。風船のように膨らんだ大東亜共栄圏の夢が一挙にしぼんで、日本は元の小さな島国となった。その言い知れぬ寂しさ。誰にもぶつけることのできない悲しみ。単なる「反省」ではなく、当時の日本人の率直な、だまされたような感覚を『浮雲』は克明に描いている。

何処を見ても、壁土のない、板壁の素朴な旅館であった。
富岡は、ジャケツを着こんだ、若い女中に頼んで、ゆき子の為に、すぐ寝床を敷かせた。雨は細引を流したように激しくなり、廊下から見える、海も山も、一面のもやのなかに景色を隠していた。一寸さきも見えない、白いもやの壁である。その白いもやの中から、庭さきの風呂場の煙が黄ろく流れていた。蒲団を敷いて貰って、明るい方の部屋で、富岡は、出迎えの人達と、名刺の交換をした。ぬるい茶と、黒砂糖の茶菓子が運ばれた。

「ここは、雨が多いンだそうですね」

富岡が一服つけながら、軽い箱火鉢を引き寄せて聞いた。

「はア、一カ月、ほとんど雨ですな。屋久島は月のうち、三十五日は雨という位でございますからね……」

レインコートを被っていた男が云った。レインコートを取ると、案外若々しい男であった。学者らしい感じだった。

本作はのちに映画化（成瀬巳喜男監督）され、世界映画史に残る名作となった。高峰秀子と並んで主演を務めた森雅之は有島武郎の長男。あの『小さき者へ』に登場する子どもの一人である。

『麦と兵隊』

火野葦平　ひの・あしへい（1907〜1960）

国民の戦意高揚に大きく寄与

新潮文庫

文学者のそれぞれの向き合い方の中でも、従軍作家と呼ばれる最も積極的に戦争に協力した一群があった。先に記した林芙美子の他に、日中戦争初期の「ペン部隊」には川口松太郎、久米正雄、丹羽文雄らも名を連ねている。もちろん作家個々には様々な抵抗もあった。南京攻略戦を目の当たりにした石川達三は『生きてゐる兵隊』を書いて即日発禁処分となった上に、禁固四ヶ月（執行猶予三年）の判決を受けた。

従軍作家の中でも火野葦平は特別な存在だった。他の作家の多くが文学者として自立したのちに軍などの委託で従軍、観戦したのに対して、火野は現役兵士が作家になった（という形をとった）のだった。

火野葦平は一九〇七年（明治四十年）北九州若松の生まれ。二十代で労働運動に参加するものちに転向。一九三七年『糞尿譚』を発表。翌年、同作で芥川賞を受賞する。このとき火野はすでに二度目の召集で中国大陸にいた。授賞式は小林秀雄が文藝春秋社からの特派員として中国に派遣され、戦線の杭州《こうしゅう》で行われた。それ自体がプロパガンダのセレモニーでもあったのだろう。

現役の一兵卒が芥川賞をとったことに気を良くして、軍は火野を報道班に転属させる。やがて徐州《じょしゅう》への行軍を描いた『麦と兵隊』がベストセラーとなり、火野は一躍、従軍作家のスター選手となった。

一兵卒から送られてくるリアルな戦場の描写を人々はむさぼるように読んだ。

火野葦平の戦争協力の罪は疑うべくもなく、また作品は厳しい検閲をくぐり抜け、あるいは事前にそれを想定して書かれているので、国民の戦意高揚に大きく寄与したことは間違いない。しかしそれにしても『麦と兵隊』は不思議な小説だ。作品の内容は題名の通りで、中国大陸の延々と続く麦畑の中を勇ましく進軍する皇軍の兵士の姿が描かれている。

出発。果しもなく続く麦畑の中の進軍である。陽が上って来ると次第に暑くなって来る。雨が降れば泥濘と化する道は天気になると乾いて灰のようになる。黄色い土煙が濛々《もうもう》と立ちのぼり、煙の幕の中に進軍して行く部隊が影絵のようになったり、見えなくなったりする。赤い旗のついた竹竿を担《かつ》いだ乗馬の対空班が先頭に行く。その後から騎兵に前後を護衛された部隊本部が行く。数十頭の乗馬隊が粛々と進んで行くのは絵のごとく、颯爽《さっそう》としたものである。

時折起こる戦闘の描写も交えながら現代で言うところのルポルタージュのような物語は進んでいく。しかし、これを今読むと、反戦とまでは行かないが、火野の意図とは離れて厭戦的な気分も感じさせられる。

進軍する道は又も茫漠たる麦畑ばかりである。何処まで行っても変化のない同じ風景ばかりである。東北の方角で、遠くではあるが、劇《はげ》しい銃声がしている。風の加減か、非常に幽かになったり、すぐ其処《そこ》のように聞えたりする。じりじりと照りつける太陽は麦畑の上にえんえんと陽炎《かげろう》をあげている。

『麦と兵隊』はすぐに映画化され、その同名の主題歌もヒットした。小説は読んでいなくても、こちらの歌詞やメロディをご存じの方も多いだろう。

徐州、徐州と　人馬《じんば》は進む
徐州居よいか　住みよいか

洒落《しゃれ》た文句に　振り返りゃ
お国訛《なま》りの　おけさ節
ひげがほゝえむ　麦畑

この唄も、今聞くと他の軍歌と違い勇ましいところがあまりない。巨大な中国大陸に戦争を挑み、泥沼に陥っていく日本軍の姿が、そこはかとなく見えてくる。ここに文学の不思議がある。

『麦と兵隊』に続いて、同じ従軍記『土と兵隊』『花と兵隊』の兵隊三部作はいずれも大ヒットして火野は不動の流行作家となる。

一九三九年、退役して帰国。しかしその後も軍の期待に応え「兵隊作家」として執筆、講演などに活躍した。同年、作家仲間と「文化報国会」を結成。翌四〇年、大政翼賛会結成。文化部長には岸田國士が就任する。さらに太平洋戦争開戦後の四二年には「日本文学報国会」が作られ、文学者の戦争協力が加速した。

もちろん火野は、常にその中心にいた。そのため、戦後は戦犯作家として糾弾され公職追放。その後、『花と竜』をヒットさせるなど流行作家として再び活躍したが、一九六〇年、睡眠薬を用いて自殺。波乱の生涯であった。

『濹東綺譚』

永井荷風　ながい・かふう（1879〜1959）

遊蕩の精神で極めた孤高

新潮文庫

文学者たちがいかに戦争に向き合ったかを考えるとき、やはり永井荷風は避けて通れないだろう。荷風、本名永井壮吉《そうきち》、一八七九年（明治十二年）生まれ。父親は高級官吏であった。東京女子師範学校附属幼稚園（現・お茶の水女子大学附属幼稚園）を皮切りに、当時考えられる最高峰のエリート教育を受ける。一方、芝居好きな母親の影響で歌舞伎や邦楽にも親しんだ。若くして文学に目覚め、十代ですでに荷風の名を名乗る。

九七年、旧制一高の受験に失敗。高等商業学校附属外国語学校（現・東京外国語大学）に入学するも九九年に中退。この頃から翻訳を含めた創作を旺盛に開始し森鷗外に高く評価される。一九〇三年、すでに実業界に転身していた父親の意向で渡米。英語、仏語を学ぶかたわら日本大使館や横浜正金《しょうきん》銀行に勤務。さらに大西洋を渡って渡仏。横浜正金銀行リヨン支店に勤めた。この間も当時最先端のオペラやコンサートに足繁く通う。〇八年帰国、二十九歳。『あめりか物語』、『ふらんす物語』などを発表。一〇年には慶應義塾大学文学部の主任教授となる。このときの門下には、佐藤春夫、水上瀧太郎、小泉信三、久保田万太郎などがおり、雑誌『三田文学』の創刊にも関わる。

ここまでは文学者として順風満帆の経路に見えるのだが、明治十二年生まれの荷風は、少し上の藤村や花袋、あるいは少し下の志賀や谷崎など、いずれの作家群とも異なる人生を選んだ。育ちの良さと人付き合いのうまさから、漱石、鷗外あるいは西園寺《さいおんじ》公望《きんもち》にさえもかわいがられた荷風だったが、やがてその社交性は花柳界へと向かっていく。短期間に結婚と離婚を繰り返し、ついに母親以外の親族とも縁遠くなっていく。

一六年、大学教授を辞職。以降、彼の関心は急速に江戸情緒を中心とした日本趣味に傾斜していく。一九年発表の「花火」では、一九一〇年の大逆事件を受けて、「日本はアメリカの個人尊重もフランスの伝統遵守もなしに上辺の西欧化に専心し、体制派は、逆らう市民を迫害している。ドレフュス事件を糾弾したゾラの勇気がなければ、戯作者に身をおとすしかない」と考えたとも書かれている。

一七年九月十六日より日記『断腸亭日乗』の記載が始まる。この日記は戦後に相次いで刊行され人気を博した。

二〇年代後半からは銀座のカフェなどに出入りするようになる。四十代後半になっても遊蕩の精神は衰えない。創作の対象もかつての芸者遊びから、カフェの女給や私娼などに移り、『つゆのあとさき』（三一年）『ひかげの花』（三四年）と秀作を発表し続けた。

隅田川の東、向島にあった私娼街玉の井を舞台とした『濹東綺譚』が朝日新聞に連載されたのは三七年。荷風、五十八歳の年だ。

本作は、メタ小説というほどではないが、荷風と思われる作家大江が小説『失踪』を書くために玉の井に取材するという構成になっている。入梅の頃、大江はそこでお雪という娼婦と出会う。

稲妻がまたぴかりと閃き、雷がごろごろと鳴ると、女はわざとらしく「あら」と叫び、一歩後れて《ひとあしおく》歩こうとするわたくしの手を取り、「早くさ。あなた。」ともう馴れ馴れしい調子である。

「いいから先へお出で。ついて行くから。」

大江（荷風）は自分の職業などを隠してお雪の所に通う。お雪は大江のことを好色本の出版に関わっている人間と誤解している。

三ヶ月が過ぎた夏の盛り、お雪は大江にお嫁にしてくれと言う。

お雪は座布団を取って窓の敷居に載せ、その上に腰をかけて、暫く空の方を見ていたが、「ねえ、あなた」と突然わたくしの手を握り、「わたし、借金を返しちまったら。あなた、おかみさんにしてくれない。」
「おれ見たようなもの。仕様がないじゃないか。」
秋になり、大江の足は玉の井から遠のく。

わたくしとお雪とは、互に其本名も其住所をも知らずにしまった。唯濹東の裏町、蚊のわめく溝際《どぶぎわ》の家で狎《な》れ暱《した》しんだばかり。一たび別れてしまえば生涯相逢うべき機会も手段もない間柄である。軽い恋愛の遊戯とは云いながら、再会の望みなき事を初めから知りぬいていた別離の情は、強《し》いて之《これ》を語ろうとすれば誇張に陥り、之を軽々《けいけい》に叙し去れば情を尽さぬ憾《うら》みがある。

戦争中も孤高を極め、敗戦後、文化勲章などを受けながらも、荷風の浅草通い、遊蕩は止むことがなかった。一九五九年、自宅で血を吐いて倒れているのが発見される。享年七十九。戯作者としての一生をまっとうした生涯だった。

『山月記』

中島敦　なかじま・あつし（1909～1942）

長く認められなかった作者自身の姿

一九三〇年代中盤以降、多くの作家は戦争とどう向き合うのかを皆問われた。ある者は立ち向かい、ある者は転向し、またある者は最初から無邪気に国粋主義を賛美した。しかし、ここに、その向き合い方を半ば宿命づけられた一群がある。当時の植民地に生まれ育った者たちだ。

中島敦はその先駆だった。十一歳で家族とともに朝鮮に渡り少年期を彼の地で過ごした。また晩年の一時期はパラオの南洋庁で官吏として過ごしている。

当時の、いわゆる外地出身やそこで育った作家は戦後に多く登場する。安部公房（東京生まれ満州育ち）、五木寛之（福岡生まれ朝鮮育ち）などは有名だが、演劇界でも別役実、太田省吾、斎藤憐《れん》など引き揚げ者は枚挙にいとまがない。

一九三三年東京帝国大学国文科を卒業するも、「大学は出たけれど」の就職難の時代にぶつかり横浜高等女学校で教鞭を執る。喘息の持病もあって長く不遇の時代を送る。

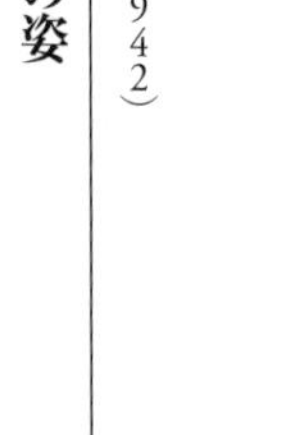

新潮文庫

四一年七月、南洋庁に国語教科書の編集書記として赴任。この渡航前に、それまで書きためていた原稿を深田久弥《きゅうや》に預ける。しかし深田は、この原稿のことをしばらく忘れていて、これが世に出るのには半年以上かかった。作品発表後、一挙に注目を集めることになるが時すでに遅く、南洋で罹患した赤痢、デング熱に加えて喘息も悪化し、翌年三月には帰国。だが病は衰えず、この年の十二月に逝去。享年三十三。

『山月記』の舞台は唐の時代、主人公李徴《りちょう》は若くして科挙《かきょ》に合格するほどの秀才だったが、その自尊心から宮仕えを嫌い、詩人として名声を得ようとした。しかし、そう簡単に詩人として食っていけるわけもなく、貧乏に負けて下級官吏となる。

> 隴西《ろうさい》の李徴《りちょう》は博学才穎《さいえい》、天宝の末年、若くして名を虎榜《こぼう》に連ね、ついで江南尉《こうなんい》に補せられたが、性、狷介《けんかい》、自《みずか》ら恃《たの》むところ頗《すこぶ》る厚く、賤吏《せんり》に甘んずるを潔《いさぎよ》しとしなかった。いくばくもなく官を退いた後は、故山《こざん》、虢略《かくりゃく》に帰臥《きが》し、人と交《まじわり》を絶って、ひたすら詩作に耽《ふけ》った。

中島敦作品の特徴は、このような漢文訓読体、いわゆる「書き下し文」を基調とした文体にある。かつて、こういった漢学を基礎とした文学は、自然主義対ロマン主義とは別の流れとして屹立してあった。漱石は漢詩をよくしたし、鷗外、あるいは芥川もその流れの中にある。戦後も武田泰淳、高橋和巳など、ある一時期まではその系譜は絶えなかった。

曾ての同輩は既に遥《はる》か高位に進み、彼が昔、鈍物として歯牙《しが》にもかけなかったその連中の下命を拝さねばならぬことが、往年の儁才《しゅんさい》李徴の自尊心を如何《いか》に傷《きずつ》けたかは、想像に難《かた》くない。彼は怏々《おうおう》として楽しまず、狂悖《きょうはい》の性は愈々《いよいよ》抑え難《がた》くなった。一年の後、公用で旅に出、汝水《じょすい》のほとりに宿った時、遂に発狂した。

自信家の李徴は、その境遇を受け入れることができず、精神を病んで行方不明となる。一方、李徴の友人の袁傪《えんさん》は、地方への出張の途上で虎に襲われる。その虎とは、肥大した自意識ゆえに虎になってしまった旧友李徴であった。要するにこれは、今どきの言葉で言えば「こじらせ男子」の物語である。この短編が、高校の国語教科書に載っている意味は明白だろう。ある一定程度の才能や能力を持った思春期後期の若者にとって「自分が何者であるか」「何者になり得るか」は大きな問題だ。誰もが、一度は、虎になる。

そうして、附加《つけくわ》えて言うことに、袁傪が嶺南からの帰途には決してこの途《みち》を通らないで欲しい、その時には自分が酔っていて故人《とも》を認めずに襲いかかるかも知れないから。又、今別れてから、前方百歩の所にある、あの丘に上ったら、此方《こちら》を振りかえって見て貰いたい。自分は今の姿をもう一度お目に掛けよう。勇に誇ろうとしてではない。我が醜悪な姿を示して、以《もっ》て、再び此処《ここ》を過ぎて自分に会おうとの気持を君に起させない為であると。

袁傪は叢に向って、懇《ねんご》ろに別れの言葉を述べ、馬に上った。叢の中からは、又、堪え得ざるが如き悲泣《ひきゅう》の声が洩《も》れた。袁傪も幾度か叢を振返りながら、涙の中に出発した。

一行が丘の上についた時、彼等は、言われた通りに振返って、先程の林間の草地を眺《なが》めた。忽ち、一匹の虎が草の茂みから道の上に躍り出たのを彼等は見た。虎は、既に白く光を失った月を仰いで、二声三声咆哮《ほうこう》したかと思うと、又、元の叢に躍り入って、再びその姿を見なかった。

もちろん、この李徴の姿は、長く才能を認められなかった中島敦そのものだろう。教科書への掲載を通じて『山月記』は圧倒的な知名度を持つが、最晩年に書かれた『李陵』はさらに中島文学の傑作とされる。併せて読んでいただきたい。そこでは、植民地で育った者が持つ共通の人生の不条理に対する視点が、より強く描かれている。

『落下傘』

金子光晴　かねこ・みつはる（1895〜1975）

大戦の本質を表した詩の力

岩波文庫

金子光晴は一八九五年の生まれ。十五歳のときにすでに小説家を志す。放蕩生活ののちに一九一九年渡欧。二一年帰国。二八年再度出国。上海、香港、インドシナなどを経て渡欧。この間、絵を売って旅費を稼ぐ。この間のことは、のちに『マレー蘭印紀行』（一九四〇年）、『ねむれ巴里』（七三年）として刊行される。

金子光晴は、それ以前の詩人、小説家に比べても格段に変な人だった。食うや食わずで世界を放浪した。いったんは詩壇に認められるものの、すぐに忘れ去られ戦前は不遇をかこった。北村透谷を始めとして、作家の中には「変な人」が多い、というより変な人だらけなのだけれど、それで金子光晴は群を抜いている。

戦争中は、国の検閲をすり抜けるように、偽装した形で詩を発表し続けた。そして一九四八年、金子光晴は詩集『落下傘』を刊行する。その中の「寂しさの歌」は、以下のような書き出しで始まる。

どつからしみ出してくるんだ。この寂しさのやつは。
夕ぐれに咲き出たやうな、あの女の肌からか。
あのおもざしからか。うしろ影からか。

続いて第二章の冒頭。

寂しさに蔽はれたこの国土の、ふかい霧のなかから、
僕はうまれた。
(中略)
この寂しさのなかから人生のほろ甘さをしがみとり、
それをよりどころにして僕らは詩を書いたものだ。
(中略)
東も西も海で囲まれて、這ひ出すすきもないこの国の人たちは、自らをとぢこめ、
この国こそまづ朝日のさす国と、信じこんだ。

爪楊枝をけづるやうに、細々と良心をとがらせて、
しなやかな仮名文字につゞるもののあはれ。寂しさに千度洗はれて、
目もあざやかな歌枕。
（中略）
あゝ、しかし、僕の寂しさは、
こんな国に僕がうまれあはせたことだ。
この国で育ち、友を作り、
朝は味噌汁にふきのたう、
夕食は、筍《たけのこ》のさんせうあへの
はげた塗膳に坐ることだ。

そして最終節は以下のように続く。

遂にこの寂しい精神のうぶすなたちが、戦争をもつてきたんだ。
君達のせゐぢやない。僕のせゐでは勿論ない。みんな寂しさがなせるわざなんだ。

寂しさが銃をかつがせ、寂しさの釣出しにあつて、旗のなびく方へ、
母や妻をふりすててまで出発したのだ。
かざり職人も、洗濯屋も、手代たちも、学生も、
風にそよぐ民くさになつて。

誰も彼も、区別はない。死ねばいゝと教へられたのだ。
ちんぴらで、小心で、好人物な人人は、「天皇」の名で、目先まつくらになつて、腕
　白のやうによろこびさわいで出ていつた。

だが、銃後ではびくびくもので
あすの白羽の箭を怖れ、
懐疑と不安をむりにおしのけ、
どうせ助からぬ、せめて今日一日を、
ふるまひ酒で酔つてすごさうとする。
（中略）
国をかたむけた民族の運命の

これほどさしせまつた、ふかい寂しさを僕はまだ、生れてからみたことはなかつたのだ。
しかし、もうどうでもいゝ。僕にとつて、そんな寂しさなんか、今は何でもない。

僕、僕がいま、ほんたうに寂しがつてゐる寂しさは、
この零落の方向とは反対に、
ひとりふみとゞまつて、寂しさの根元をがつきとつきとめようとして、世界といつしよに歩いてゐるたつた一人の意欲も僕のまはりに感じられない、そのことだ。そのことだけなのだ。

昭和二〇・五・五　端午の日

この詩は、戦時中、敗戦の年の五月に書かれている。私は、古今東西のあらゆる文章の中で、先般の大戦の本質をこれほど見事に表したものを他に知らない。詩の力とは、このようなものなのだろう。「昨日民権、今日国権」という時代の流れを嘆きながら死んだ透谷の遺志は、思いもかけない形でここに結実した。

第六章

花開く戦後文学

『津軽』

太宰治 だざい・おさむ（1909〜1948）

絶望の中での優しさとユーモア

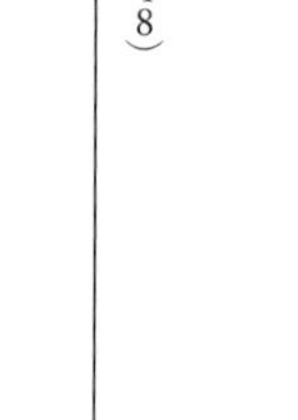

角川文庫

かつて太宰治は「青春のはしか」とも呼ばれ、思春期の文学少年・少女たちは、皆こぞって「太宰は自分だ」あるいは「これは自分のことが書いてある」と感じて傾倒した。「生れて、すみません」（『二十世紀旗手』）と恥じ入りながら、「撰《えら》ばれてあることの／恍惚《こうこつ》と不安と／二つわれにあり」（『葉』元はヴェルレエヌの詩）とうそぶく。そんな矛盾もまた、若者たちを惹き付けた。

太宰は戦後の無頼派の筆頭のように捉えられるが、実は戦前、戦中に素晴らしい作品を残している。一九四七年に『斜陽』が大ヒットし、その後の『人間失格』が彼の代名詞となってしまったために、デカダンス（退廃）の印象が強いが、大人の太宰ファンは、この『津軽』を代表作にあげる人も多い。

たしかに太宰は、二十代からパビナール（鎮痛剤）依存症となり乱れた生活を送っていたが、井伏鱒二の媒酌で結婚し、三十代に入ったあたりから生活も落ち着き秀作を連発す

るようになる。『女生徒』『新樹の言葉』『駈込み訴え』『走れメロス』、いずれも小説としての企みに満ち、それでいてみずみずしさを失わない傑作たちだ。

なかでも本作は、太宰の根底にある優しさとユーモアを余すところなく発揮している。

刊行は一九四四年。戦局が厳しさを増す中で、太宰はふるさと津軽を訪ねる。そこで出会う多くの人々は、かつて太宰が育った家の使用人たちだった。その邂逅《かいこう》の一場面一場面は、どれをとっても切なく美しい。

戦争による窮乏が彼に、生涯で唯一の心身の健康をもたらしたという皮肉も、なんとなく太宰らしいではないか。

よく知られるように、太宰は津軽の地主の家に生まれた（一九〇九年）。私も五所川原市金木《かなぎ》にある「斜陽館」を訪れたことがある。大きな家の玄関からすぐに土間になっていて、秋口になると、そこに小作人が米を運び込み検査を受ける。そのまま米は奥の土蔵に運ばれる。太宰はそんな風景を見て育った。

金木は、私の生れた町である。津軽平野のほぼ中央に位し、人口五、六千の、これという特徴もないが、どこやら都会ふうにちょっと気取った町である。善く言えば、水のように淡泊であり、悪く言えば、底の浅い見栄坊の町ということになっているようである。

太宰は中学時代を過ごした青森市を皮切りに、まず津軽半島の東海岸を北上し竜飛岬へと至る。

「竜飛だ。」とN君が、変った調子で言った。

「ここが？」落ちついて見廻すと、鶏小舎と感じたのが、すなはち竜飛の部落なのである。兇暴の風雨に対して、小さい家々が、ひしとひとかたまりになって互ひに庇護し合って立っているのである。ここは、本州の極地である。この部落を過ぎて路は無い。あとは海にころげ落ちるばかりだ。路が全く絶えているのである。ここは、本州の袋小路だ。読者も銘肌せよ。諸君が北に向って歩いているとき、その路をどこまでも、さかのぼり、さかのぼり行けば、必ずこの外ヶ浜街道に到り、路がいよいよ狭くなり、さらにさかのぼれば、すぽりとこの鶏小舎に似た不思議な世界に落ち込み、そこにおいて諸君の路は全く尽きるのである。

そこから南下して金木の生家を訪ね、五所川原、鰺ヶ沢《あじがさわ》などを回る。そして最終盤、小泊《こどまり》で、乳母であった「たけ」との再会。ここは太宰文学の中でも際だって清廉な瞬間だ。

たけが出て来た。たけは、うつろな眼をして私を見た。

「修治だ。」私は笑って帽子をとった。

「あらあ。」それだけだった。笑いもしない。まじめな表情である。でも、すぐに、その硬直の姿勢を崩して、さりげないような、へんに、あきらめたような弱い口調で、「さ、はいって運動会を。」と言って、たけの小屋に連れて行き、「ここさお坐りになりせえ。」とたけの傍に坐らせ、たけはそれきり何も言わず、きちんと正座してそのモンペの丸い膝にちゃんと両手を置き、子供たちの走るのを熱心に見ている。けれども、私には何の不満もない。まるで、もう、安心してしまっている。足を投げ出して、ぼんやり運動会を見て、胸中に、一つも思うことがなかった。もう、何がどうなってもいいんだ、というような全く無憂無風の情態である。平和とは、こんな気持のことを言うのであろうか。もし、そうなら、私はこのとき、生れてはじめて心の平和を体験したと言ってもよい。


『津軽』の最後は、以下の一文で締めくくられる。「さらば読者よ、命あらばまた他日。元気で行こう。絶望するな。では、失敬。」敗戦の前年に、こんな言葉で小説を終わらせるところに、絶望の中での諧謔《かいぎゃく》とでも言うべき太宰の真骨頂が表れている。

『堕落論』

坂口安吾　さかぐち・あんご（1906〜1955）

懊悩をもポジティブに捉える新しさ

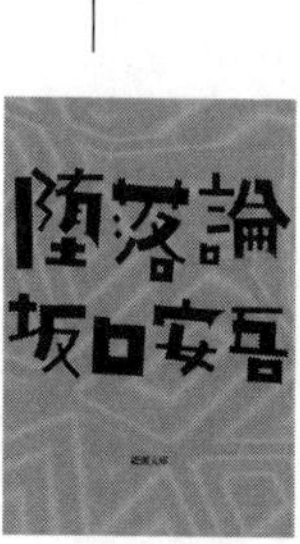

新潮文庫

太宰治の項で、かつての文学少年・少女たちは必ず太宰にはまったものだと書いた。そしてまた一定数の若者たちは、「太宰なんて偽物だ。俺はアンゴだ」とうそぶいたものだった。かく言う私も、そのような文学少年の一人だった。

半年のうちに世相は変った。醜《しこ》の御楯《みたて》といでたつ我は。大君のへにこそ死なめかえりみはせじ。若者達は花と散ったが、同じ彼等が生き残って闇屋《やみや》となる。ももとせの命ねがはじいつの日か御楯とゆかん君とちぎりて。けなげな心情で男を送った女達も半年の月日のうちに夫君の位牌《いはい》にぬかずくことも事務的になるばかりであろうし、やがて新たな面影を胸に宿すのも遠い日のことではない。人間が変ったのではない。人間は元来そういうものであり、変ったのは世相の上皮だけのことだ。

本作の発表は一九四六年四月。敗戦後、それまでのモラルが崩壊していくことに呆然とする日本人たちに「戦争に負けたから堕ちるのではないのだ。人間だから堕ちるのであり、生きているから堕ちるだけだ」と喝破した。同年発表の小説『白痴』と併せて安吾は一躍人気作家となり、太宰、織田作之助らと戦後無頼派の象徴ともなった。

戦争がどんなすさまじい破壊と運命をもって向うにしても人間自体をどう為しうるものでもない。戦争は終った。特攻隊の勇士はすでに闇屋となり、未亡人はすでに新たな面影によって胸をふくらませているではないか。人間は変りはしない。ただ人間へ戻ってきたのだ。人間は堕落する。義士も聖女も堕落する。それを防ぐことはできないし、防ぐことによって人を救うことはできない。人間は生き、人間は堕ちる。そのこと以外の中に人間を救う便利な近道はない。

墜ちよ、そして生きよと、安吾は言う。このメッセージは敗戦後、打ちひしがれた人々に強く響いた。

戦争に負けたから堕ちるのではないのだ。人間だから堕ちるのであり、生きているから堕ちるだけだ。

一九〇六年、新潟生まれ。太宰と同様に資産家、政治家の家に育った安吾は、幼少の頃から奇行が目立ち、学校も落第を繰り返した。十五歳で上京。精神を病みながらも文学に目覚め、一九三一年、『木枯の酒倉から』『風博士』を相次いで発表して注目を集める。

幼少期からこの青年期までの話は、『堕落論』のあと立て続けに発表された『いづこへ』『風と光と二十の私と』といった自伝的な短編に克明に描かれている。かつて角川文庫に『暗い青春／魔の退屈』（いずれも同じ短編の表題）という、安吾の自伝的短編だけを集めたすぐれたアンソロジーがあった。自分が何者であるか、何者になり得るのかを迷っていた十代の私は、その文庫本をすり切れるまで読み返した。

青春ほど、死の翳を負ひ、死と背中合せな時期はない。人間の喜怒哀楽も、舞台裏の演出家はたゞ一人、それが死だ。人は必ず死なねばならぬ。この事実ほど我々の生存に決定的な力を加へるものはなく、或ひはむしろ、これのみが力の唯一の源泉ではないかとすら、私は思はざるを得ぬ。

青春は力の時期であるから、同時に死の激しさと密着してゐる時期なのだ。人生の迷路は解きがたい。それは魂の迷路であるが、その迷路も死が我々に与へたものだ。矛盾撞着、もつれた糸、すべて死が母胎であり、ふるさとでもある人生の愛すべく、又、なつかしい綾ではないか。

私の青春は暗かつた。私は死に就て考へざるを得なかつたが、直接死に就て思ふことが、私の青春を暗くしてゐたのではなかつた筈だ。青春自体が死の翳だから。

私は野心に燃えてゐた。肉体は健康だつた。私の野性は、いつも友人達を悩ましたものだ。なぜなら、友人達は概ね病弱で、ひよわであつたから。

（「暗い青春」より）

安吾は戦前も多くの小説、随筆を残しているが、『堕落論』以降、急速に活躍の場を広げ時代の寵児となる。創作の対象は、推理小説や歴史小説にまで及び、一方で国税庁や自転車振興会（競輪の胴元）を相手取っての大立ち回りも演じている。ヒロポンと睡眠薬を交互に飲むような生活がたたって、一九五五年、脳溢血で死去。享年四十八。

透谷の死以来、日本の近代文学は自我の懊悩を最重要課題としてきた。人生に悩む自分、文学に悩む自分、自分とは何かに悩む自分を描くことを得意とし、そこに様々な名作も生まれた。太宰はその懊悩を最も純化した形で小説にした。しかし戦争、敗戦という極限状態において、その懊悩をもポジティブに捉える、もう一つの新しい文学が誕生した。

『夫婦善哉』

織田作之助　おだ・さくのすけ（1913～1947）

西鶴の再来と言われた軽快な文章

私は今でも大阪・難波で少し時間ができると千日前の自由軒に行ってカレーを食べる。

織田作之助の名作『夫婦善哉』の中に、「自由軒《ここ》のラ、ラ、ライスカレーは御飯にあんじょうま、ま、ま、まむしてあるよって、うまい」という一節がある。この描写の通り、自由軒のカレーは、初めからカレーとご飯が混ぜてある。一見ドライカレーのように見えるがそうではなく、単純にカレーとご飯が混ぜて盛り付けられている。山盛りになったカレーご飯の頂上が窪んでいて、そこに生卵が落としてある。近頃流行の「ダムカレー」のはしりと言ってもいい。これにソースをかけて食するのが正式な食べ方らしい。

店の壁には「オダサク」の名で親しまれた作家の写真と、「トラは死んで皮をのこす織田作死んでカレーライスをのこす」の一文が掲げられている。

織田作之助は、太宰、安吾と並んで戦後無頼派の代表者とされる。ただ三人の中では彼が最も早く、一九四七年（昭和二十二年）の一月に亡くなっている。出世作にして代表作の

新潮文庫

『夫婦善哉』も四〇年（昭和十五年）に書かれたものだ。
織田作之助の死については、坂口安吾の「大阪の反逆――織田作之助の死」という美しい文章が残っているので、こちらも併せて読んでいただきたい。

大阪の性格は気質的に商人で、文学的には戯作者の型がおのづから育つべきところであるから、日本文学の誠実ぶつた贋物の道徳性、無思想性に、大阪の地盤から戯作者的な反逆が行はれることは当然であつたらう。

（『大阪の反逆』より）

しかし、織田作之助をして無頼派と呼ぶのも果たして正確かどうか。『夫婦善哉』の主人公の一人、柳吉のイメージと重なって、放蕩者の印象ができているのかもしれない。ヒロポン（当時まだ合法であった覚醒剤の一種）を常用していたという記録はあるが、戦後一年半で亡くなってしまったのだから、無頼を気取るほどの余裕もなかったのではあるまいか。
太宰治のポートレートでは、銀座のバー「ルパン」で撮られたものが有名だが、同じ店で撮った織田作之助の写真はさらに快活だ。多くの後輩に慕われた人柄がよく表れている。
代表作『夫婦善哉』は、しっかり者の蝶子と、優柔不断な柳吉という内縁の夫婦の半生記が淡々と描かれている。滑稽ではかなく切ない小説だ。全編に食道楽の柳吉が語る大阪の「食」についての記述が多くあり、元祖グルメ小説のような体裁にもなっている。題名の『夫婦善哉』も法善寺横丁の「めをとぜんざい」に拠っている。

実家の化粧品問屋を勘当された柳吉は、次々に商売を始めようとするが長続きしない。そのたびに蝶子が雇いの芸者仕事で家計を助けることになる。実際には、どんなに苦しくなっても蝶子が助けてしまうから柳吉は独り立ちできず、商売が少しうまくいくと浪費癖が出て元の木阿弥となる。

柳吉に働きがないから、自然蝶子が稼ぐ順序で、さて二度の勤めに出る気もないとすれば、結局稼ぐ道はヤトナ芸者と相場が決っていた。もと北の新地にやはり芸者をしていたおきんという年増《としま》芸者が、今は高津に一軒構えてヤトナの周旋屋みたいなことをしていた。ヤトナというのはいわば臨時雇で宴会や婚礼に出張する有芸仲居《なかい》のことで、芸者の花代よりは随分安上りだから、けちくさい宴会からの需要が多く、おきんは芸者上りのヤトナ数人と連絡をとり、派出させて仲介の分をはねると相当な儲《もう》けになり、今では電話の一本も引いていた。

西鶴の再来と言われた軽快な文章が続く。最終盤、紆余曲折あったあとに二人は、法善寺横丁に向かう。

柳吉は「どや、なんぞ、う、う、うまいもん食いに行こか」と蝶子を誘った。法善寺境内の「めおとぜんざい」へ行った。道頓堀からの通路と千日前からの通路の角に当っているところに古びた阿多福《おたふく》人形が据えられ、その前に「めおとぜんざい」と書いた赤い大提灯《おおぢょうちん》がぶら下っているのを見ると、しみじみと夫婦で行く店らしかった。おまけに、ぜんざいを註文《ちゅうもん》すると、女夫《めおと》の意味で一人に二杯ずつ持って来た。碁盤の目の敷畳に腰をかけ、スウスウと高い音を立てて啜《すす》りながら柳吉は言った。「こ、こ、ここの善哉《ぜんざい》はなんで、二、二、二杯ずつ持って来よるか知ってるか、知らんやろ。こら昔何とか大夫《だゆう》ちゅう浄瑠璃《じょうるり》のお師匠はんがひらいた店でな、一杯山盛にするより、ちょっとずつ二杯にする方が沢山《ぎょうさん》はいってるように見えるやろ、そこをうまいこと考えよったのや」蝶子は「一人より女夫の方が良えいうことでっしゃろ」ぽんと襟を突き上げると肩が大きく揺れた。蝶子はめっきり肥えて、そこの座蒲団《ざぶとん》が尻《しり》にかくれるくらいであった。

『夫婦善哉』は豊田四郎監督の映画も有名である。こちらは一九五五年の作品。森繁久彌と淡路千景という配役が絶妙で、映画の方も是非観ていただきたいと思う。

『俘虜記』

大岡昇平　おおおか・しょうへい（1909〜1988）

社会的切実さを持った私小説

太宰治が自死したのは一九四八年の六月。その年、同い年の大岡昇平が『俘虜記』を発表する（完成は五二年）。

一九四六、四七年にデビューをした野間宏、埴谷雄高らを第一次戦後派、四八、四九年に登場した大岡、三島由紀夫、安部公房、島尾敏雄らを第二次戦後派と呼ぶ。彼らに共通しているのは、三島を除いては従軍体験か、それに近い日本統治下の占領地で何らかの悲痛な経験をしている点にある。大岡昇平の『俘虜記』はその代表で、作者本人がフィリピンのミンドロ島で捕虜となり一年弱を収容所で過ごした経験が克明に描かれていく。

これまで見てきたように、田山花袋を祖として、日本近代文学は「私小説」という特異なジャンルを発展させてきた。私小説は自らの体験を小説に綴ったもので「心境小説」とも呼ばれた。志賀直哉は、おそらくその頂点にあった。

だが日本の私小説は、対象が作家の行動に限定されるため社会性に欠ける難があった。

新潮文庫

いや、西洋文学の模倣から始まった日本近代文学は、二葉亭四迷が「新しい文体はできても書くべきものがない」と早々に筆を折ってしまったときから、常に同じ問題を抱えていた。

しかしここに、社会的切実さを持った私小説が登場する。『俘虜記』には大岡の経験が書かれているが、その背景に戦争、あるいは戦場における人間という極めて社会的なテーマが存在する。

『城の崎にて』において志賀直哉は、自分が戯れに投げた石がイモリに当たり、その小さな生命を奪ってしまったことに当惑する。それから三十年後、大岡昇平は熱帯のジャングルで、眼前の若い米軍兵士を撃つかどうかに逡巡する。

私は私の前に現われた米兵の露出した全身に危惧を感じ、その不要心に呆れた。この感想は頗る兵士的のものであり、短い訓練にも拘らず私がやはり戦う兵士の習慣を身につけていたことを示している。この感想の裏は「この相手は射てる」である。

しかも私は射とうと思わなかった。

第一章の「捉まるまで」の緊張感のある記述に対して、後半に向かうにつれ皇軍の捕虜たちがいかに腐敗していくかが克明に、時にコミカルに描かれている。まず、その初期には、「生きて虜囚の辱《はずかしめ》を受けず」という戦陣訓をたたき込まれてきた日本の兵士たちは、捕虜となったことへの羞恥の念に包まれる。

「どこから来たんですか」と彼は再び横になりながら囁くように訊く。

「ミンドロです。マラリアにやられちゃって……あなたは？」

「ここ……オルモックの方で……米さんは殺さんのじゃもん、しょうがないものなあ」

私は彼の顔を見る。その切れ長の眼は澄んでテントの天井を見ている。私は彼がその真実の感情を吐露しているのを疑わない。この私の最初の俘虜の隣人から聞いた端的な表現は、以来私の日本の俘虜を量る準尺となった。私は今でも彼等がすべて一度はこういう感情を持ったと空想しているのである。

しかし時が経つにつれ俘虜たちはその生活に馴れ、少しずつ怠惰になっていく。

彼等は多く自らの意に反して捕らえられた人達であるが、既に三カ月を収容所で過ごして、俘虜の生活に馴れていた。彼等は豊かな米軍の給与によってよく肥り、新しい集団的怠惰に安んじて、日々の生活を楽しむ工夫を始めていた。

そして、敗戦を迎えると、その精神の荒廃がさらに加速する。


やがて俘虜は急速に堕落し始めた。

戦争が終わると共に、レイテ島第一収容所三千の俘虜の心からは、唯一の道徳的な棘は取り除かれた。彼等が敵中に生を貪っている間に、太平洋の各地で続々命を殪《たお》しつつある同胞に対するうしろめたさが、突然なくなった。


大岡は一九〇九年（明治四十二年）の生まれだから、四四年に応召したときにはすでに三十五歳。戦争がなければスタンダールの研究者として生涯を終えたかもしれないか弱いインテリが、戦場という極限状態を経験し、たしかに「書くべきもの」を得た。日本近代文学は、このときから、世界の文学史に参加することになったのかもしれない。

その後、大岡は『野火』（五二年）『レイテ戦記』（七一年）などを発表。一方でフランス文学のすぐれた翻訳も多く残した。

『火宅の人』

檀一雄　だん・かずお（1912〜1976）

日本の私小説の一つの頂点

あらためて読み返すと、まったくひどい小説である。いや小説がではなく、小説の中身の話がなのだが。

主人公の小説家、桂一雄には妻と先妻の子も入れて五人の子どもがいる。そのうちの一人は日本脳炎から麻痺の症状が残り、重度の障害を持っていた。

この障害を持った子どもの描写はことさらに美しい。第一章の「微笑」という題は、自分では手足を動かすことさえもできない小さな我が子の神々しいまでの微笑みに由来する。

しかし、この主人公は、我が子が日本脳炎を患ったちょうど一年後に、家庭を捨て愛人との同棲を始める。

そこからはもう放蕩三昧、ひどい話の連続だ。冒頭、新しい愛人との旅行から帰ってきた主人公は、妻とこんな会話を交わす。

新潮文庫

「僕は恵さんと事をおこしたからね、それだけは云《い》っておく……」

（中略）

「（略）辛《つら》いだろうけれど、しかし、しばらく無用な騒ぎは起さないで呉《く》れ。自分だけやっておいて、おまえさんに鎮《しず》まれとは身勝手な話だが……」

「駄目です。もう、いやいや。私、明日の朝、ハッキリとおいとまをいたします。今夜のうちにと思っていたんですけれど、あなたが遅いもんだから」

「よしなさい。そんな無茶なことは……。僕はここの家を破壊する意志は毛頭ないんだ」

「ハッキリ破壊なさっているじゃございませんか？」

「事はおこしたが、力を竭《つ》くしてこの家の破滅は防ぐ」

「駄目です。もう破滅してしまっているじゃありませんか？」

「いつも云うように、オレは今、際《きわ》どい一本橋を渡っているんだよ。それを突き落すようなことはしないでくれ」

「突き落されたのは私です」

まったく身勝手な話である。

主人公は、この言葉の通りに迷走する。やがてタガが外れたように愛人が増えていく。

海外を含めて旺盛に旅行をする。十本以上の連載を抱えて、書きなぐるように原稿を書く。家に置いてきた妻を呼び出して、その清書をさせる。深作欣二監督、緒形拳主演で映画化されたので、そちらを見た方も多いだろう。糟糠《そうこう》の妻役のいしだあゆみさんが、特にこの清書の場面では好演だった。

グルメで有名なこの作家は美食をむさぼる。自分で料理もする。これがまた本格的だ。酒も浴びるほどに飲む。当然、身体を壊す。それでもまた飲む。そしてまた書く。

もちろん、どこまでが事実で、どこからがフィクションかは分からないが、それはさして重要なことではない。田山花袋を祖とする日本の私小説は、おそらくこの『火宅の人』でその究極の形を示した。いや私小説が、その枠をはみ出し、巨大な長編小説となりうる可能性も示した。ただ、そのためには作家は、それだけの人生を生きるエネルギーも必要とするが。

檀一雄は、太宰治との交友が深く、太宰を世に出すための前半生だったと言っても過言ではない。太宰の死後は坂口安吾とも交友が深かった。自他共に認める最後の無頼派であった。

しかし、「最後の」ということは、「遅れてきた」ということでもある。この小説は、主人公桂が「事をおこした」昭和三十一年からの数年間、いわば昭和三十年代の東京が舞台となっている。日本が戦後復興をなし遂げ、高度経済成長へと向かう時期だ。戦争直後の混乱期ならばともかく、時代は、これほどの放蕩を許さない。その許されない中で、桂は（檀一雄は）自らを痛めつけるように精神の彷徨を続ける。まるで、死んだ太宰や安吾の代わりのように。檀一雄は、意識して無頼を演じていたようにも見える。それを主人公は、「自分自身を欺くほどの放埒」と呼ぶ。あるいはそれは、戦後無頼派が夢見た「新しい日本」とはあまりに違う形で復興していく、高度経済成長下の東京への恨み節だったのかもしれない。

檀一雄は一九一二年、山梨に生まれ、福岡に育つ。太宰の三つ年下になる。戦前は純文学を書き、戦後は『リツ子・その愛』『リツ子・その死』で文壇に復帰。大衆文学に転じて『長恨歌』『真説石川五右衛門』で直木賞を受賞する。多作の人で、後年は純文学、大衆文学といったジャンルに収まらない活躍をした。女優の檀ふみさんは長女。

「火宅」とは、仏教の用語で、燃えさかる家の中で、その業火に気づかずに遊びふけることを指す。檀一雄は、その業火には気がついていた。そして自ら、その火の中に、確固たる意志を持って飛び込んだ。家を焼かれた家族は、たまったものではなかったはずだが。

『悲の器』

高橋和巳　たかはし・かずみ（1931〜1971）

デビュー作にして代表作

新聞連載でも最終回は、高橋和巳を取り上げた。連載終了の半年ほど前から残り数回で取り上げる作家の予定は決めていた。ところが担当者との行き違いがあって、掲載の回数が一回減ってしまった。本当は大岡昇平、三島由紀夫、高橋和巳で連載を終える予定だったのだが、三島か高橋のどちらかを選ばなければならなくなった。これは私にとっても、この連載にとっても象徴的な出来事となった。

三島文学は、日本近代文学が西洋に追いつき追い越せと苦心惨憺《さんたん》した末の結晶のような作品だ。その論理性、その豊かな叙情性は、内容と形式のいずれもが国際標準であり、実際、三島は西洋の一般読者に読まれる最初の日本文学になった。

高橋は一九六〇年代、全共闘世代の間で最も人気のある作家の一人だった。知識人の抱える呻吟《しんぎん》や矛盾を描き「苦悩教の教祖」とも呼ばれた彼の作風は、理想と現実の間で惑う当時の若者たちの気持ちに鋭く合致した。

河出文庫

だが彼を教祖、まして始祖と呼ぶのには、いささか違和感がある。振り返ってみれば日本文学は北村透谷、二葉亭四迷以来、ずっと苦悩してきた。夏目も芥川も太宰も、思い浮かぶのは、しわの寄った額に手をあててうつむく姿だ。日本の文学者は皆、苦悩を繰り返し、その苦悩自体を文学としてきた。それは端的に言えば、西洋近代の文学を知ってしまった先覚者たちが、どうやって日本語で人間の内面を表現するかという苦悩だった。三島と比すなら、高橋和巳の文学はその苦悩の歴史の結晶だ。

『悲の器』は高橋のデビュー作にして代表作。読者は「これが第一作か」と、その圧倒的な筆力に驚くだろう。すでに中国文学の研究者としても一部で注目されていた高橋に賞を取らせるために、河出書房は第一回文藝賞の締め切りを待ったという伝説もある。

小説が、人間の心の暗闇を描くことに極めてすぐれた表現芸術であるとするなら、高橋和巳は、そのことに最も真摯に向き合い、そしてそれを具現化した作家だった。

実際には、この『悲の器』は数年前には書き始められていたようだ。これだけの長編ならば当然だろう。

主人公の法学者正木典膳《てんぜん》は、若い令嬢との再婚を発表するが、同時期に妊娠させた家政婦から慰謝料請求の訴訟を起こされ、思わぬスキャンダルに巻き込まれる。正木が信じる法と法学の理念からすれば、彼は何も罪を犯してはいない。その自分が辱められることは理不尽であり、辱めた家政婦の側にこそ非があると初老の法学者は考える。

一人のインテリゲンチャが、自己の無謬《むびゅう》性を信ずるが故に徐々にその精神と生活に破綻を来していく様が、克明に冷徹に描かれていく。しかしこの小説は、ただそこにとどまらない重層性を持っている。

主人公は、戦前の学術への弾圧下において、学者から検事へと転身することで、微温的な「転向」を経験する。そしてその精神的な挫折を、上司を守るためだったとして自己の中で正当化した。

私を悪し様に罵った宮地教授自身が、最後まで教壇にとどまり得たのは、罵られている当の相手の尽力が、少くとも幾分か与ってのことである。

この転向が微温的であるが故に正木にとって複雑な心的外傷となり、のちにスキャンダルへの対応を誤らせる。あるいは転向をせずに狂気に陥った者、世捨て人となった者、そういった過去のライバルたちの面影が亡霊のように現れる。最終盤、それらの亡霊たち、あるいは生者たちに叫ぶ声は悲痛の極みだ。

荻野よ。死せる荻野よ。君が常に夢想することを好んだあの海の白波——遠く地平線のつづく限り一斉に波頭をもたげ、砕けては進み、沈んでは浮び、倒れては起きあがりつつ、ひたすらに押し寄せる波とは何であるか。機関銃をもって追いつめられた一人の独裁者に、スクラムを組んで立ちむかい、弾丸の続く限り血ぬられ殺されながら、なお権力を倒すべく進みつづける群衆を支える力とは何であるか。それが、この人々、この庶民、この大衆、この国民に、はたしてみずからそなわっているものと認めうるか。

（中略）

さようなら、米山みきよ、栗谷清子よ。さようなら、優しき生者たちよ。私はしょせん、あなたがたとは無縁な存在であった。


高橋和巳自身は、すぐに文壇の寵児となり、師に請われて京大助教授へと異例の出世も遂げる。しかし六九年、学生運動のさなかに、全共闘と教授会の板挟みに遭い、自らの思想と著述に殉じるかのように、彼は決然と教壇を去る。さらに二年後、高橋は結腸癌で早逝する。こうして高橋和巳は伝説となった。

一九七〇年、三島由紀夫は自衛隊市ヶ谷駐屯地で自決。高橋和巳の死はその翌年。戦後も、戦後文学も、いや日本近代文学自体がこの時期、一つの大きな峠を越えた。

『砂の女』

安部公房　あべ・こうぼう（1924〜1993）

不条理でありながら的確な描写

二〇〇〇年代の初めの頃、私の年齢で言えば三十代の終わりから四十代にかけて、フランスでの仕事を始めたものの、もちろん、まったく無名だった私は、とにかくどうにかして自分を権威づけなければならなかった。ちょうど一九九九年に演劇集団 円《えん》で岸田今日子さん主演の作品を創ったばかりだったので、試みに『砂の女』の主演女優に作品を書き下ろして演出もしたと宣《のたま》ったところ、その効果は絶大でフランスの演劇人も、少しだけ、極東の島国から来た小さな劇作家に尊敬の目を向けてくれた。安部公房ならびに映画『砂の女』はフランスのインテリならば（少なくとも当時は）誰もが知っている名作だった。

安部公房、一九二四年（大正十三年）東京に生まれ、満州で少年期を過ごす。医者であった父の跡を継ぐべく大学は東京帝国大学医学部に在籍していたが一九四四年末、家族の元に戻り敗戦を満州で迎えた。引き揚げ船で帰国後、東大は卒業するも医者にはならず文筆の道を進む。五一年、『壁—S・カルマ氏の犯罪』を発表。同作で芥川賞を受賞。これ

新潮文庫

以降、第二次戦後派の一人として、後年は三島由紀夫と共にノーベル賞候補とも目された。早くから戯曲の執筆も手がけ、のちに演劇集団「安部公房スタジオ」を立ちあげる。

『砂の女』の発表は一九六二年（私の生まれた年）。六四年には勅使河原宏監督によって映画化され、カンヌ映画祭審査員特別賞など数々の賞に輝く。

物語は、ある男が、砂地にしか生息しない新種のハンミョウを探す昆虫採集の途上、砂に囲まれた村に迷い込むところから始まる。

案内されたのは、部落の一番外側にある、砂丘の稜線に接した穴のなかの一つだった。稜線よりも、一本内側の細い道を右に折れ、しばらく行ったところで、老人が、暗がりの中に身をこごめ、手を打ちながら大声で叫んだ。

「おい、婆《ばあ》さんよお！」

足もとの闇《やみ》のなかから、ランプの灯がゆらいで、答えがあった。

「ここ、ここ……その俵のわきに、梯子《はしご》があるから……」

なるほど、梯子でもつかわなければ、この砂の崖ではとうてい手に負えまい。ほとんど、屋根の高さの三倍はあり、梯子をつかってでも、そう容易とは言えなかった。

案内された家にいたのは、年寄りではなく三十前後の小柄な女だった。男はその晩から、不思議な砂掻きの作業に付き合わされる。それをしないと、この家は砂に埋もれてしまうのだ。さらに翌朝起きてみると、縄梯子が消えていた。男は、外界に出るすべをあっけなく失った。すべては村の者たちが仕組んだ罠だったのだ。男は、蟻地獄のような家、あるいはこの村自体から様々な形で脱出を試みるが、いずれも失敗に終わる。

やがて、男と女の奇妙な共同生活が始まる。もちろん男は逃亡をあきらめたわけではなく、その準備に余念がないのだが、その一方で徐々にこの村の生活にも馴れていく。

それでも一度は穴から抜け出すことに成功するのだが、結局、逃亡の途中で砂に埋もれて村人に助けを求め、家に連れ戻されることになる。

男は、脇の下に、ロープをかけられ、荷物のように、再び穴のなかに吊《つ》り下ろされた。誰も、一言も口をきかず、まるで埋葬の儀式に立ちあってでもいるようだ。穴は、深く、暗かった。月が、砂丘の全景を、淡い絹の輝きでくるみ、風紋や足跡までも、ガラスの襞《ひだ》のように浮き立たせているというのに、ここだけは、風景の仲間入りさえ拒まれ、ただむやみと暗いばかりである。

やがて男は、砂から水を得る溜水装置を開発し始める。ただし、この装置は冬には作動しない。待望の春が来た。しかしここで女が妊娠していることが分かる。しかも、ある日突然出血をして子宮外妊娠が疑われ、彼女は病院に運ばれていく。そして、なんとその後には、縄梯子が残っていた。

女が連れ去られても、縄梯子は、そのままになっていた。男は、こわごわ手をのばし、そっと指先でふれてみる。消えてしまわないのを、たしかめてから、ゆっくり登りはじめた。

しかし、男は、溜水装置のことを、この村の者たちに話したいという理由で、やはり家を出ないことに決める。結末、主人公仁木順平を失踪者とするという家庭裁判所の書類が示され、男がついにこの村を出なかったことが読者に知らされる。

本作は不条理文学という言葉から受ける印象とは異なり、極めて読みやすい。全体としては不条理なのだが、細部の描写が的確で違和感を覚えることがない。ある種の手品を観ているような気にさせられる作品だ。医者としての修養を積んだ安部公房の真骨頂とも言える作品だろう。

『金閣寺』

三島由紀夫　みしま・ゆきお（1925〜1970）

コンプレックスの様々な乱反射

新潮文庫

これも二〇〇〇年代初頭のこと。フランスでの仕事が多くなってきた時期に、彼の地の新聞記者からよく、三島作品との違いを聞かれて閉口したものだった。日本の戯曲と言えば三島氏のものしか知らないフランスの批評家や記者たちに、私の作品は奇異に映った。私は、「三島氏が日本最高峰の劇作家であることは間違いないし、それと比較していただくのは本当に光栄だが、日本の劇作家とひとくくりにされるのは心外だ。作家は一人ひとり違うのだ。私と三島氏の共通点は背が低いことぐらいだ。そして私が三島氏に勝っているところがあるとすれば、私の方が三センチ低いという点のみだ」と答え続けた。

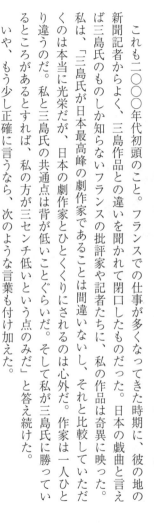

いや、もう少し正確に言うなら、次のような言葉も付け加えた。

「三島作品は、日本と日本人が西洋文学に追いつき追い越せと努力を重ねた、その結晶のような作品だ。題材や内容は日本的なものが多いが、その論理構成は極めて西洋的で、翻訳をしてもそれが崩れることはなく、すなわち皆さんに読みやすいものとなっている。私の作品は極めてグローバルで、多言語の舞台も扱っているが、表現形式が日本的なのだと思う。私の多くの戯曲は、皆さんになじみのある題材を、日本人の思考様式に乗せて発話させている」

三島由紀夫はすぐれた小説を多く残したと同時に、劇作家としてもめざましい活躍を遂げた。ただここでは、やはりその代表作である『金閣寺』を取り上げたいと思う。

日本海沿いの辺鄙《へんぴ》な貧しい寺に生まれた主人公溝口は、僧侶である父から、「金閣ほど美しいものは此世《このよ》にない」と聞かされて育った。身体が弱く重度の吃音《きつおん》でもあった溝口は強いコンプレックスの中で成長していく。やがて父の勧めもあって、彼は金閣寺に修行に入ることとなる。

当初、心の中で思い描いていたほどには、金閣を美しく感じなかった溝口だが、戦況が激しくなり、金閣も自分も共に空襲で焼け死ぬかもしれないという同じ運命に思いを馳せると、金閣はもはや実在以上の永遠に儚《はかな》い美の象徴として感じられるようになった。

私を焼き亡ぼす火は金閣をも焼き亡ぼすだろうという考えは、私をほとんど酔わせたのである。同じ禍《わざわ》い、同じ不吉な火の運命の下で、金閣と私の住む世界は同一の次元に属することになった。私の脆《もろ》い醜い肉体と同じく、金閣は硬いながら、燃えやすい炭素の肉体を持っていた。

ところが敗戦後は、金閣の周りに進駐軍や娼婦などが訪れるようになり、またある種の幻影は崩れていく。大学に進学した溝口は、内反足《ないはんそく》の障害を持つ柏木と友人になる。この柏木は障害をある種の道具にして、女たちを籠絡《ろうらく》していた。溝口も柏木から下宿屋の娘を紹介してもらうが、性交の寸前になって目の前に金閣の幻影が立ち現れ、失敗に終わる。

そのとき金閣が現われたのである。

威厳にみちた、憂鬱な繊細な建築。剝《は》げた金箔《きんぱく》をそこかしこに残した豪奢《ごうしゃ》の亡骸《なきがら》のような建築。近いと思えば遠く、親しくもあり隔たってもいる不可解な距離に、いつも澄明に浮んでいるあの金閣が現われたのである。

(中略)

下宿の娘は遠く小さく、塵《ちり》のように飛び去った。娘が金閣から拒まれた以上、私の人生も拒まれていた。隈《くま》なく美に包まれながら、人生へ手を延ばすことがどうしてできよう。美の立場からしても、私に断念を要求する権利があったであろう。

さらにもう一度、溝口は同じことを繰り返す。女性の乳房を前にして、またしても金閣が出現し、溝口は不能に終わる。やがて溝口は金閣に対し憎しみを抱くようになる。

ほとんど呪詛《じゅそ》に近い調子で、私は金閣にむかって、生れてはじめて次のように荒々しく呼びかけた。
「いつかきっとお前を支配してやる。二度と私の邪魔をしに来ないように、いつかは必ずお前をわがものにしてやるぞ」

住職や母との関係、早逝した他の友人との関係など、他にもいくつもの屈折を経て、溝口は金閣を焼かねばならないと決意する。

冷静に読むと、相当におかしな小説だ。童貞を捨てようとして、そのとき、二度とも眼前に金閣の幻影が現れて失敗する。それを逆恨みして金閣に火をつける。要約するとそれだけの話なのだが、人間のコンプレックスが様々に乱反射して巨大な犯罪に至る過程が、三島の美文によって強い説得力で描かれていく。それはまた、有り余るほどの才能がありながら様々なコンプレックスを持った三島だからこそ成し遂げられた仕事だったのだろう。

先に掲げた背が低かったこと、身体的なコンプレックスがのちに三島をボディビルなどの肉体改造にのめり込ませる。それはよく知られた話だが、私は何よりも、三島の戦争経験の欠落の方が、後年の行動の起点としては大きかったのではないかと思う。大岡昇平の項でも記したように、戦後派と呼ばれる作家群の中で、ほぼ三島由紀夫だけが戦場も外地(植民地)での経験もない。

三島は学徒動員で入隊する直前に発熱し、医師の問診に過剰に反応して兵役免除となった。このことは、戦前戦後を通じて、国粋主義を貫き、天皇を愛した三島にとって最も大きなコンプレックスとなったことは想像に難くない。

もちろん三島ほどの天才の自死を一つの理由だけで解き明かそうとするのは困難だ。しかし『金閣寺』にはすでに、その三島の巨大すぎる屈折のすべてが表れている。

三島の自死は多くの謎を含むが、それでも三島作品の文学的価値は損なわれない。

日本文学の初期、ロマン主義か自然主義かの対立があった。尾崎紅葉、泉鏡花の路線は、美文調で美しいが社会性に欠けるきらいがあった。田山花袋に象徴される自然主義は、やがて私小説の隘路《あいろ》に迷い込む。しかし三島由紀夫という天才によって、この長い相克が止揚される。三島作品が日本近代文学の極北と呼べるのは、故あってのことだ。

第七章

文学は続く

『裸の王様』

開高健 かいこう・たけし（1930～1989）

純文学であると同時に企業小説

新潮文庫

一九五八年の芥川賞は第三十八回が開高健の『裸の王様』、第三十九回が大江健三郎の『飼育』だった。ちなみに、この少し前の世代が第三の新人と呼ばれた安岡章太郎、吉行淳之介、遠藤周作。「第三」というのは第一次、第二次戦後派に次ぐという意味だが、要するに大江健三郎と開高健、あるいはその少し前の石原慎太郎の登場で、いよいよ日本文学は「戦後文学」から離陸することになる。

開高健はのちのベトナム戦争のルポルタージュや、釣りの紀行文などでも一時代を画したが、しかし何より初期の短編が素晴らしい。

『パニック』は笹の開花と野ネズミの大量発生に対して、その対応を巡る役人たちの愚かさを描いている。あるいは『巨人と玩具』は、巨大な製菓会社のキャラメル販売の壮絶なキャンペーンを通じて、すでに「宣伝」が製品の良し悪しとは離れてひとり歩きしていく大衆社会の構造と、それに翻弄される広告マンの悲哀が描かれている。

ここでは代表作の『裸の王様』を詳しく見ていこう。

主人公の「ぼく」は、小さな画塾の教師である。友人の紹介で大きな画材会社の社長の息子、大田太郎を預かることになる。しかしこの太郎の絵には人間がおらず、きちんとした絵が描けない。

ふとしたきっかけで、太郎が自然に強い関心を持っていることが分かる。そして「ぼく」は太郎を近くの小川に連れ出す。案の定、太郎は懸命に藻と泥にまみれて魚を捕ろうとした。太郎は生母との田舎暮らしの経験があり、それが原体験にもなっていたのだ。

ぼくは太郎といっしょに息を殺して水底の世界をみつめた。水のなかには牧場や猟林や城館があり、森は気配にみちていた。池は開花をはじめたところだった。(中略)ぬれしょびれた顔を水面からあげて、太郎はあえぎあえぎつぶやいた。

「逃げちゃった……」

茫然《ぼうぜん》として彼はぼくをふりかえった。彼の髪は藻と泥の匂いをたて、眼には熱い混乱がみなぎっていた。

「ぼく」はデンマークの文部省と交渉して、児童が描いたアンデルセンの童話の挿絵を交換する企画を立てる。ところが太郎の父の大田社長も同様の企画を立てていて、その権利を譲って欲しいと申し入れがあり、「ぼく」はその提案を受け入れた。

一方、太郎は少しずつ快活さを増し、絵を描き始める。物語が進むにつれて、太郎の複雑な生い立ちや、現在の家庭環境からの抑圧、太郎の父のモーレツ社長ぶりなどが分かってくる。ある晩、太郎は急に「ぼく」の家に絵を見せに来た。太郎が描いた五枚のうちの一枚を見て「ぼく」は哄笑《こうしょう》する。

この画はあとの四枚とまったく異質な世界のものであった。越中《えっちゅう》フンドシをつけた裸の男が松の生えたお堀端を歩いているのである。彼はチョンマゲを頭にのせ、棒をフンドシにはさみ、兵隊のように手をふってお堀端を闊歩《かっぽ》していた。その意味をさとった瞬間、ぼくは噴水のような哄笑《こうしょう》の衝動で体がゆらゆらするのを感じた。

それは「ぼく」が前日に生徒に話した、骨格だけの「裸の王様」を絵にしたものだった。「ぼく」との付き合いの中で、太郎の想像力と創造力は、ここまで発展した。

しばらくして「ぼく」は、大田社長主催の児童画コンクールの審査会に行くことになる。しかし、そこに並んでいたのは大人に描かされた類型的な絵ばかりだった。「ぼく」は名を明かさずに太郎の絵をそっと机の上に置く。するとそれに気がついた審査員は、集まって口々に太郎の絵を非難しだした。審査員たちの批判が頂点に達したとき、「ぼく」は、これが大田社長の息子の描いたものだと種明かしをする。すると途端に審査員たちは沈黙し、互いの顔を見合わせ、一人一人と壇を下りて大田氏に目礼して去って行った。

はげしい憎悪が笑いの衝動にかわるのをぼくはとめることができなかった。窓から流れこむ斜光線の明るい小川のなかでぼくはふたたび腹をかかえて哄笑《こうしょう》した。

石原慎太郎が『太陽の季節』でデビューし芥川賞を受賞した一九五六年、経済白書に「もはや戦後ではない」との言葉が躍った。高度経済成長の幕開け、そして世界は冷戦に包まれ、社会は複雑化していった。小説の扱う題材も多岐にわたるようになる。たとえば開高健の初期短編は純文学であると同時に、経済小説、企業小説のはしりとも言えるだろう。

実際、その分野の先駆である城山三郎のデビューも一九五七年。二年後には『総会屋錦城』で直木賞を受賞。この年すでに代表作の一つ『落日燃ゆ』も発表している。

この第七章では、日本近代文学がどのような発展を遂げたかを、最後にいくつかの例をあげて追ってみたい。

『楡家の人びと』

北杜夫　きた・もりお（1927〜2011）

悲惨な場にも漂うそこはかとないユーモア

新潮文庫

北杜夫は不思議な作家だ。歌人斎藤茂吉の次男であるが、しかし日本文学の、どの系譜にも属さない。孤高というのとも違って、ある種ひょうひょうとした存在感がある。

作家としての本格的なデビューは小説ではなく『どくとるマンボウ航海記』（一九六〇年）。これがベストセラーになると同じ年に、一転、ナチスの戦争犯罪を背景とした『夜と霧の隅で』で芥川賞を受賞。一躍、人気作家となった。

代表作『楡家の人びと』は、その二年後に連作が開始される。北氏が敬愛するトーマス・マンの『ブッデンブローク家の人々』を強く意識して『楡家の人びと』は書かれた。前者がドイツ近代文学の集大成のような重厚な作品であるのに対して、後者は軽妙洒脱、どのような悲惨な場面でも常にそこはかとないユーモアが漂っている。どちらがすぐれているというのではなく、二つの国の文学の気風とでも呼ぶべきものが、いずれも余すところなく表れている。

『楡家の人びと』は、精神科の病院を経営する医者一家の三代の栄枯を描いた三部からなる長編である。第一部は大正期の全盛時代、第二部は昭和の開戦まで、そして第三部が戦時下の生活から終戦直後まで。

第一部の快活さから徐々に、本当にゆっくりと、日本社会が息苦しくなっていく様が描かれる。それは小説の表に出ることはなく、ひっそりと基調低音のように続いていく。

この小説では、一家の盛衰を描きながら、大正昭和の主な出来事が過不足なく取り上げられる。『フォレスト・ガンプ』の小説版のようなものだと思ってもらえばいい。

関東大震災における朝鮮人虐殺の風景も、もちろん描かれている。

そんな時刻なのに東京方面に急ぐ人たちが大勢いた。すでに朝鮮人暴動の流言がとびかっており、線路の上を十人二十人と隊伍《たいご》を組んで歩いた。

(中略)

夜はまだすっかり明けきってはいない。しかし辻々《つじつじ》に人が群れている。異様に殺気立った雰囲気《ふんいき》がひしひしとこちらにまで伝わってくる。人々は手に手に竹槍《たけやり》も持ち、抜身《ぬきみ》の大刀を地に突き刺している者もある。次の辻では、二人の若者が――あれが朝鮮人だなと城吉はちらと思ったが――かなりの群衆の中に捕えられており、こづかれたり罵言《ばげん》をあびせられたりしている。
城吉たちも尋問を受けた。（中略）昂奮をむきだしにした青年団の若者がうさん臭げに城吉を見、城吉はぶ厚い唇《くちびる》を閉ざしたまま思いがけぬ恐怖の念に駆られた。そしてそれは、やがて路傍に生々しい死体が投げ捨てられているのを見たとき頂点に達した。死体は地震によるものではなく、一瞥《いちべつ》で刺殺されたものと理解できたからである。

小説の中の話であるから、これを以て真実だと言いたいのではない。だが私たち作家は書き継がねばならない。そのとき何が起こったかではなく、人々がそこで何を感じたかを、何を思ったかを。

第一部の主人公、楡基一郎《きいちろう》は破天荒な性格で、そのいささか調子のよすぎる陽性の行動が全編で余すところなく描写されていく。

そんな朝っぱらから院長がやってくるのが見えた。基一郎は近づいてくると、実に愛想のよい笑顔を見せて声をかけた。
「いや、ご苦労、ご苦労」
それがあまりにも優しい口調だったので、同時に基一郎はすこし顔を上むけて顋《あご》でものをいう癖があったので、書生は半分気がとがめ、半分腹を立ててこう言った。
「ご苦労って先生、ぼくはなんにもしちゃいないのです」
「いやいや君、朝早くからそうやって廊下を歩いていてくれると、病院には活気がでる。いかにも繁昌《はんじょう》しているように見える。いや、ご苦労ご苦労」

第二部は基一郎の養子である楡徹吉《てつよし》の生涯が描かれる。斎藤茂吉をモデルとした徹吉の呻吟はほろ苦く、そこに一九三〇年代のファシズムへと向かう息苦しさと、西洋に対する歪んだ屈折が重なっていく。

第三部は戦争中から戦後にかけての描写。兄であり、やはり医師で作家だった斎藤茂太をモデルにした峻一《しゅんいち》の、南太平洋での友軍に見捨てられた生活は、大岡昇平の『俘虜記』の陰画のようだ。

三島由紀夫は『楡家の人びと』について「戦後に書かれた最も重要な小説の一つである。この小説の出現によって、日本文学は、真に市民的な作品をはじめて持ち……」と最大級の賛辞を示している。保守とリベラルとを問わず、作家のなすべきことが、まだ明晰であった古き良き時代のエピソードだろう。

『坂の上の雲』

司馬遼太郎　しば・りょうたろう（1923〜1996）

日本が無謀な戦争に突入した原点

文春文庫

数年前の春、大連外国語大学開催の日本語学会に招かれた。実は中国東北部を訪れたのは初めてだった。私が最も行ってみたかった場所の一つと言ってもいいかもしれない。

空港に着き、その足ですぐに大連市内を案内してもらう。旧大連ヤマトホテルなど、満州時代、あるいはそれ以前のロシア統治下のいくつかの建物を見学した。

翌日は朝から旅順、二〇三高地へ。言わずと知れた日露戦争の主戦場の一つである。

若い世代には基本的な知識もすでにないかもしれないので、念のために書いておくと、日本とロシアが戦ったこの戦争の地上戦は、ほぼすべて現在の中国東北部、かつて満州と呼ばれた地域で行われている。中国の人々にとっては、誠にはた迷惑な戦争だった。

『坂の上の雲』は、この戦争の過程が、過剰なほどに緻密に描かれている。十年ほど前にNHKでドラマ化されたので、そちらをご覧になった方も多いだろう。

文庫本で八冊となるこの長編の中でも、二〇三高地を巡る戦闘は、海軍の日本海海戦と並んでハイライトの一つだ。

旅順港は天然の良港で、ここにロシア軍艦が閉じこもってしまうと攻撃のしようがない。そして、一隻でも軍艦が港に残ってしまえば日本海を渡る補給船は常に脅威にさらされて戦闘継続さえおぼつかない。旅順攻略は、この戦争の要諦《ようてい》となった。

二〇三高地は旅順市街の北西にあり、文字通り海抜二〇三メートルの小高い丘である。今は観光地になっていて麓の駐車場から観光用のバスに乗り換え、さらに十分ほど急峻《きゅうしゅん》を登る。息を切らして頂上に着くと、たしかに旅順港が一望できた。ここに砲台を築けば、停泊中の軍艦を撃つのはたやすい。守るロシアからしても、ここは絶対に死守しなければならない。

反対側を見ると北側の斜面は、ほとんど崖といってよく、ここを駆け上がってくるのは至難の業だったろう。実際、ここでは多くの日本兵が命を落とした。繰り返し行われた突撃の無謀さと悲惨さが、『坂の上の雲』でも克明に描かれている。ただ、このときの指揮官である乃木希典《まれすけ》を、少し無能に描き過ぎているという批判もあるようだ。

日清・日露戦争までを祖国防衛戦と捉え、それ以後の軍部の暴走と区別する、いわゆる「司馬史観」については批判も多い。また最近は、保守派からは、司馬史観でさえも自虐的という声もあると聞く。

しかし、司馬さんが、これだけの紙数を費やして描きたかったことは何だろう。

まことに小さな国が、開化期をむかえようとしている。

その列島のなかの一つの島が四国であり、四国は、讃岐《さぬき》、阿波《あわ》、土佐《とさ》、伊予《いよ》にわかれている。伊予の首邑《しゅゆう》は松山。（中略）

この物語の主人公は、あるいはこの時代の小さな日本ということになるかもしれないが、ともかくわれわれは三人の人物のあとを追わねばならない。そのうちのひとりは、俳人になった。俳句、短歌といった日本のふるい短詩型に新風を入れてその中興の祖になった正岡子規《まさおかしき》である。

他の二人の主人公は秋山兄弟という軍人だ。正岡子規は最初の二巻にしか登場せずに早逝する。あとの記述は主に、秋山兄弟の船上での活躍に充てられる。しかし歴史に名を残したのは、最も弱い存在の子規ではなかったか。この対比に、私は作家司馬遼太郎の矜持を見る。

あるいは、薄氷の勝利であった日露戦争の実態を政府が国民に知らせなかったために、日本人は自国の国力を過信し、やがて、あの無謀な戦争に突入していった。その契機として、司馬さんは日露戦争を捉えていた。これは、今の日本に対しても十分に批評性を持つ事柄だろう。

国民作家司馬遼太郎は、『竜馬がゆく』でその地位を確立し、本作の他、多数の長編歴史小説を書いた。その膨大な創作の原点は、学徒出陣で配属された戦車隊での経験にある。アメリカ軍が本土上陸してくる際に「敵が上陸してきた場合、出撃するわれわれの行く先には、東京から避難してくる多くの日本国民が道にあふれていると思われるが、どうしたらいいのか」と聞いた。それに対して参謀が「轢《ひ》っ殺してゆけ」と答えた。それを聞いた若き司馬遼太郎は、日本は負けると悟った。

後年、司馬は、なぜ日本があのような無謀な戦争に突入していったのかを考え、そこに至る原点として『坂の上の雲』を書いた。

さて、二〇三高地に登ったあと、私は午後いっぱい大学で講義をして、さらに本場の中華の夕食を先生方と楽しんだ。翌日は教員は授業があるので、学生たちが空港まで見送ってくれた。三年生だと言うが、皆流暢《りゅうちょう》な日本語を話し、これから日本の留学先を決めるからか、たくさんの質問を受けた。ある女子学生は「寺山修司に興味があるので青森の大学を考えています」と話していた。

平和はいい。この平和を手放してはならない。

『父と暮せば』

井上ひさし　いのうえ・ひさし（1934〜2010）

生き残ってしまった者の悲しみと想い

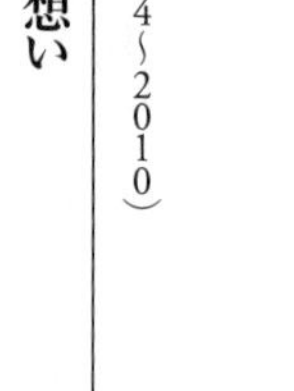

新潮文庫

井上ひさしは一九三四年の生まれ。六〇年代は『ひょっこりひょうたん島』などの放送作家として活躍。七二年に『手鎖心中』で直木賞を受賞。八二年には『吉里吉里人』がベストセラーとなる。しかしなんと言っても、私にとっての井上さんは日本を代表する劇作家に他ならない。実は直木賞受賞の年に『道元の冒険』で岸田國士戯曲賞も受賞しており、おそらくそのような作家は井上さん以外にいない。

一九九〇年代初頭まで井上ひさしの戯曲は、『イーハトーボの劇列車』『頭痛肩こり樋口一葉』『泣き虫なまいき石川啄木』など、いわゆる有名作家を中心とした評伝劇が主であった。『父と暮せば』の執筆、上演は九四年。その後、井上さんは太平洋戦争を挟んだ二十世紀半ばの日本の歴史や戦争責任の問題、あるいは満州、シベリアを舞台にした作品を書き始める。

私は一九九六年から二〇〇一年まで足かけ六年にわたって、演劇雑誌上で井上さんと対

談する幸運に恵まれた。この国民的作家の転換期を、極めて近い位置で過ごせたのは若い作家として至福の時間であった。

演劇の台詞は、流行語などを取り入れて、あまり現代の風俗べったりにすると、すぐに色あせてしまう。再演するときには台詞を更新していく必要も生じる。九〇年代前半まで井上さんは「だから自分は日本語がほぼ今の形で確立した明治後期、あるいは大正期までを舞台にした作品しか書いてこなかったのだ」とおっしゃっていた。

しかし『父と暮せば』から亡くなるまでの十六年間、井上さんは逆に、戦争の問題と正面から取り組む、近現代についての作品を書き続けた。これもご本人から直接聞いた話だが、やはり残りの人生を考えたとき、戦争をかろうじて経験している自分が書き残さなければならない事柄があると考えたのだ。

また、ここからは私見だが、九六年の司馬遼太郎の早すぎる死も、井上さんの創作の変化を駆り立てる大きな要因になったのではないかと思う。よく知られるように司馬氏はノモンハン事件について詳しく調べ、しかし結局、それを小説にすることはなかった。自らも軍隊の生活を経験し、戦争の愚かさを実感していた司馬氏に、本当は太平洋戦争について書いて欲しかったと井上さんは考えていた。その想いも、井上さんの近現代への傾斜を加速させたのではないか。

『父と暮せば』の舞台は、まだ原爆の記憶も浅い昭和二十三年の広島。この町に暮らす若い女性と、原爆で亡くなった父親の幽霊の、たった二人だけの芝居だ。

この作品の中心課題は、残された者の想い、生き残ってしまった者の悲しみである。

哲学者鷲田清一氏は東日本大震災の直後に、「この震災は、生き残った者にとって辛い災害になる」と語っていた。鷲田さん自身もまぢかに経験した阪神・淡路大震災は、早朝、しかも耐震の備えの弱かった神戸を中心に起こったために、死者の大半は建物の倒壊による圧死だった。関東大震災での死因は、焼死が主であった。しかし東日本大震災は、昼過ぎの時間帯、死者の大半は津波によるものだった。そのため様々なコミュニティが寸断される悲劇をうんだ。

家族を失った者、生徒を失った教師、職場の同僚を失った人々。生死を分けた理由は何もなく、なぜ自分だけが生き残ってしまったのかと嘆く声を多く聞いた。

井上さんもまた原爆のことを戯曲にしようと心に決め、広島を取材して回るうちに、生き残った者の後悔、「生き残った私が幸せになることはできない」という言葉を驚くほど多く聞いたという。

この作品は、その想いをストレートに、しかしユーモアにあふれる形で伝えていく。原爆について書かれた、あるいは広島について書かれた数ある文学作品の中でも、最もすぐれたものの一つといって過言ではないだろう。

冒頭の「おとったん、こわーい！」から最後の台詞「おとったん、ありがとありました」まで、全編を貫く広島弁が美しく切ない。

映画化もされてはいるが、ぜひ、この作品は戯曲を先に読んでいただきたい。そして、舞台を観てもらいたい。

「戯曲」というものを読んだことのない人、あるいは読んではみたが、どうも読みにくくて途中で投げ出した経験のある人にも、ぜひ、この作品を手に取ってもらいたい。二人芝居なので、誰が喋っているのかと混乱することもないし、短い芝居なので必ず、すぐに読み切れる。

あるいは娘を持つすべてのお父さん、そして父を持つすべての娘たちにも読んでもらいたい。原爆というテーマを離れても、父と娘の物語としてだけでも、十分に力があり、涙する作品になっている。

『苦海浄土』

石牟礼道子　いしむれ・みちこ（1927〜2018）

変奏曲のように繰り返される一人ひとりの事実

講談社文庫

二十年ほど前、ＮＨＫの仕事で全国から選ばれた中学生たちと水俣についての芝居を創るという経験をした。そのオーディションの控え室で、やはり審査員だった池澤夏樹さんから「平田さん、水俣の悲惨さはもちろんだけど、石牟礼さんが描く水俣の美しさも伝えられる芝居にしてください」と頼まれた。

六人の中学生と半年近くかけて創った創作劇『海の宝子』は、のちに英訳されてシンガポールでも上演されるなど、大きな反響を呼んだ。上演を見た水俣病の患者の方からは、「まだまだ日本も捨てたものじゃないと感じられました」とお褒めの言葉をいただいた。そしてビデオをご覧になった石牟礼さんからは、熊本での劇作家大会の折りに「本当にいい仕事をしてくださった」と過分の評価をいただいた。このときのことは、石牟礼さんの笑顔と共に、私の人生の宝物になっている。

石牟礼道子は一九二七年、天草に生まれ水俣で育つ。主婦業の傍ら詩歌を作っていたが、やがて当時「奇病」と呼ばれた水俣病の存在を知る。

六八年、水俣病患者を支援する水俣病対策市民会議の立ち上げ。六九年、『苦海浄土　わが水俣病』を発表した。本作は第一回大宅壮一ノンフィクション賞に選ばれたが辞退している。

『苦海浄土』は水俣病の、最も早いルポルタージュの一つとなった。

五〇年代半ばから発症数が急増したこの病気は、五九年には熊本大学水俣病研究班が原因は有機水銀であると明言していたにも拘わらず、国、県、企業（チッソ）の対応が大幅に遅れ被害を拡大することになった。国が正式に、水俣病の原因を旧新日本窒素肥料水俣工場のアセトアルデヒド製造工程で副生されたメチル水銀化合物と認定したのは、十年近い歳月を経た一九六八年だった。『苦海浄土』は、まさに、この苦闘の十年間を描いている。


年に一度か二度、台風でもやって来ぬかぎり、波立つこともない小さな入江を囲んで、湯《ゆ》堂《どう》部落がある。

湯堂湾は、こそばゆいまぶたのようなさざ波の上に、小さな舟や鰯《いわし》籠《かご》などを浮かべていた。子どもたちは真っ裸で、舟から舟へ飛び移ったり、海の中にどぼんと落ち込んでみたりして、遊ぶのだった。

この印象的な冒頭から、水俣湾の風景、患者一人ひとりの証言、そして交渉や裁判の記録が変奏曲のように繰り返される。

熊大の発表があった同じ一九五九年の十一月、初めての国会議員団の来訪。それに続く不知火海沿岸漁民総決起大会と水俣市内デモ行進。さらに工場への乱入、警官隊との衝突。水俣病の問題は泥沼の様相を呈す。この年の暮れ、チッソは患者互助会と「過去の水俣工場の排水が水俣病に関係があったことがわかってもいっさいの追加補償要求はしない」という契約をとりかわした。

おとなのいのち十万円
こどものいのち三万円
死者のいのちは三十万

と、わたくしはそれから念仏にかえてとなえつづける。

ちなみに、あまりに理不尽なこの弔慰金についての合意は、のちに「公序良俗に反する」との判決が下り無効となった。

水俣病の問題が長引き複雑化したのは、水俣市が典型的なチッソの企業城下町であり発言がしにくかったことが一因だった。そのことについての描写も多い。

「小父さん、もう、もう、銭は、銭は一銭も要《い》らん！　今まで、市民のため、会社のため、水俣病はいわん、と、こらえて、きたばってん、もう、もう、市民の世論に殺されるる！　小父さん、今度こそ、市民の世論に殺さるるばい」

みればはだしである。

「何ばいうか！　いまから会社と補償交渉はじめる矢先に、なんばいうか。だれがなんちゅうたか」

「みんないわす。会社が潰《つぶ》るる、あんたたちが居るおかげで水俣市は潰るる、そんときは銭ば貸してはいよ、二千万円取るちゅう話じゃがと。殺さるるばい今度こそ、小父さん」

七〇年代以降、柳田邦男、沢木耕太郎、鎌田慧ら気鋭のルポライターたちが登場する。複雑化する社会を捉えるためにノンフィクションの力が必要とされたのだろう。『苦海浄土』はすぐれた小説であると同時に、ノンフィクションの時代の先駆とも位置づけられるだろう。

『ジョバンニの父への旅』

別役実　べつやく・みのる（1937〜2020）

不条理の連鎖をすべて受け入れる「父」

第五章で取り上げた宮沢賢治の『銀河鉄道の夜』は、日本で最初の不条理文学と言ってもいいのではないかと私は思っている。カフカが『変身』を書いたのとほぼ同時代に、宮沢賢治がこのような作品を書いていることは注目に値する。

不条理文学の本質は、人間の生の不確かさにある。人類が史上初めての世界大戦を経験し、人々を幸せにするはずの科学にも陰りが見え始めたこの時代に、不条理文学はその小さな産声をあげた。

『銀河鉄道の夜』において、なぜ、いじめっ子であり、自らふざけて船を揺らして川に落ちたザネリではなく、それを助けようとしたカムパネルラが死ななければならなかったのか？　そこには、まったく倫理や論理の整合性はない。カフカの『変身』もまたしかり。私たちの生は、朝起きてみると虫になっているかもしれないほどに不確かだ。

カフカの評価が完全に定まったのは、作者の死後から二十年以上経った第二次世界大戦

ハヤカワ演劇文庫

後だった。それを評価したのは、アメリカでも欧州でもカフカと同じユダヤ人の文学者や思想家たちだ。一九四四年、四五年の時点において、ユダヤ人には「生き残った理由」が何もなかったから。それは宮沢賢治や井上ひさしの項で触れた原爆や津波による不条理な死とも相似形をなす。

私たちが信じてきた「近代」も「近代社会」も極めてもろいものだった。科学は人を幸せにするとは限らない。大自然は、近代科学をあざ笑うように、あっけなく人々の生命を奪う。自然だけではない、人間による大虐殺も止まらない。近代が信じてきた「理性」は、いつも揺らぎ続ける。私たちは不条理のただ中で、それでも生き続けなければならないのか。多くの知識人たちは、近代を支えてきた「科学」や「理性」を、深く疑い始めた。

一九五二年、サミュエル・ベケットが、不条理演劇の嚆矢《こうし》『ゴドーを待ちながら』を発表。日本で訳書が刊行されたのが五六年。六〇年に文学座が日本初演。主役の一人ウラジミールは、黒澤映画の常連でもあった名優宮口精二が演じた。

別役実が実質的な処女作『AとBと一人の女』を書いたのが六一年。当時、多くの若い演劇人は衝撃を受けた。劇作家太田省吾さんからは「別役さんの登場で、なんだか霧が晴れたような感じがした」と聞いたことがある。この時代、西洋はまだ遠かった。その西洋で不条理演劇が演劇界を席巻しつつあることは皆、情報としては知っていた。しかしそれを日本語でも創れるということを別役実はあっさりと証明した。

後期の代表作『ジョバンニの父への旅』は、『銀河鉄道の夜』の不条理性とがっぷり四つに組んだすぐれた「本歌取り」になっている。

舞台は冒頭から「別役節」とも言える滑稽でちぐはぐな会話で進んでいく。そのやりとりの中で、ある男が、この町に二十三年ぶりに戻ってきたジョバンニだということが分かってくる（いや、別役作品の登場人物はいつも多義的で、一筋縄ではいかず、こう断定できるわけではないのだが）。

あらすじを説明するのは不可能に近いが、おぼろげながら分かってくるのは、以下のような事情である。

二十三年前、カムパネルラが川に落ちて死んだ星祭りの夜、ジョバンニは母親のもとに帰らずに、そのまま町を出た。一方あの晩、北の海に猟に行っていたはずのジョバンニの父親は実は町にいて、自分の息子をいじめるザネリを川に突き落とした罪で投獄されていた。しかしジョバンニの母親（と名乗る人物）は、そうではなく、父親はすでにその一年前には亡くなっていたのだと主張する。出口のない迷宮に入ったかのように、思い出の中の人々に翻弄されるジョバンニ（と呼ばれる男）。

そして二十三年後のこの日、やはり星祭りの晩に、今度はザネリの子どもが自分をいじめる。

た友だちを川に突き落とす。それを見たザネリは、自分がやったと自首をする。父親とザネリの無実を証明しようとするジョバンニに対して、逆に町の人々は、二十三年前にザザネリを川に突き落としたのは、父親ではなくジョバンニ自身だったのではないかと問いつめ

ラストシーン、ジョバンニの父（と名乗る男）は次のように息子に呼びかける。

カムパネルラに、死んでいいと言ってやれるのは、お前だけなんだ。そうなんだぞ、ジョバンニ、お前がカムパネルラを殺すんだ。殺してやるんだ……。（中略）いいか、ジョバンニ、父親というものがしなければいけないことは、すべて死んでゆくものに対して、死んでいいと言ってやることなんだ……。

カムパネルラの死を意味あるものとするために、ジョバンニはその罪を引き受ける。もちろん、それは不条理の連鎖に過ぎない。その不条理をすべて受け入れる存在を別役実は「父」と呼ぶ。
別役さんとは、劇作家協会の第二代会長と事務局長という関係で四年間、比較的密にお付き合いをさせていただいた。最後にゆっくりとお話をしたのは二〇一一年五月のことだ

った。まだ震災から五十日ほどしか経っていない時期に行われた『焼け跡と不条理』と題した対談で、別役さんは、当時、テレビやネットなどで宮沢賢治の『雨ニモ負ケズ』が話題になっていることについて、以下のような話をされた。

「私もあの詩は好きだし、あの詩が三月十一日以降、多くの人に読み継がれているのはいいことだと思う。ただ、あの詩で本当に大事なところは、『雨ニモ負ケズ、風ニモ負ケズ』頑張っていこうというところではないのではないか。本当に大事なのは、『日照リノ時ハ涙ヲ流シ、寒サノ夏ハオロオロ歩キ』の方なのではないか」

「頑張ろうと励ますことも、たしかに大事かもしれないが、本当に大事なのは、きちんと嘆き悲しむことだ。そこからしか真の復興はあり得ない」

多くの劇作家は、東日本大震災のあと、井上ひさしの不在を嘆いた。東北を愛した井上さんが生きていたら、あの惨劇をどう言葉にしただろう。福島の複雑な状況に、どのような発言をしただろう。そう誰もが思った。

私たちは、別役実のいない時代に、コロナウイルスという不条理を経験した。多くの演劇公演が、極めて理不尽に中止となった。別役さんなら、この状況をどう評しただろう。たばこをくゆらせながら、「まぁ、そう目くじらを立てずに、オロオロした方がいいよ」とおっしゃってくれるだろうか。もう少し、お話を伺っておきたかった。

おわりに

二十歳前後に私はたまたま演劇と出会い、やがてそれを生業とし馬齢を重ね四十年もの時間が過ぎてしまった。しかし、その傍らにはいつも小説があった。私の初期の代表作のほとんどは、本書に収められたいくつかの名作からインスピレーションを得ている。『ソウル市民』は『楡家の人びと』から、『S高原から』は『風立ちぬ』から。

そもそも私の父は、私を小説家にしたかったのだ。父は売れないシナリオライターで、本当は小説を書きたかったようだが（実際に何本か書いている）、その夢を息子に託した。家には父の名前入りの原稿用紙があって、私は五歳のときからそこに文字を書いていた。

十六歳から十七歳にかけて私は自転車世界一周の旅に出る。父はその旅先に、日本と西洋の様々な文学作品を送ってくれた。

いまはどうなっているのか知らないが、かつてインターネットもメールもない時代、世界を旅するバックパッカーたちは、家族、友人からの手紙や小包を海外の領事館に送ってもらい、パスポートを持っていってそれを受け取るというシステムになっていた。

父は思いつくままに世界各地に文庫本を送ってきた。そこで私はニューヨークでオー・ヘンリーを読み、デンマークでアンデルセンを読み、スペインでセルバンテスを読むといったきわめて幸福な読書体験をすることになった。高村光太郎の「雨にうたるるカテドラル」も冬のパリで読んだ。

父は詩も書いていたが、「詩集を出さない詩人」と自称して、年に一度、年賀状に詩を書いて知人に送っていた。不器用な人生だった。

二十年ほど前に父が亡くなったあと遺品を整理していたら、北原白秋から私の祖父に宛てたはがきが出てきた。祖父は本業は医者だったが詩も書いていて、何冊か詩集も出している。白秋からのはがきは、新しく出た詩集を送ったことへの礼状だった。

孫の私が読んでも祖父の詩はたいしたことはなく（東洋医学の面ではそれなりの実績と知名度があるのだが）、ただ医者で儲かっていたので周囲の売れない詩人のパトロンのようなこともしていたらしい。山之口貘、草野心平、この二人の酒代の半分は祖父が出している。これが平田家が日本文学史に残した最大の功績だ。

そして本書で取り上げたところでは高村光太郎。父は高村家に木彫りの彫刻か何かを受け取りに行った記憶があると語っていた。高村光太郎クラスになると直接の金銭的な援助ははばかられるから、作品を購入することで幾ばくかの手助けをしていたのかもしれない。

祖父は大変な国粋主義者だったから、要するに光太郎や白秋が戦争詩を書く、その片棒を担ぐ形になった。「歴程」という日本の近代詩に最も重要な役割を果たした同人誌の、戦前最後の編集人も務めた。そして、日本の近代詩の歴史を醜くねじ曲げてしまった責任をとるかのように、四十五歳で三度目の召集を受け、軍医として沖縄戦で戦死した。

江戸川乱歩の項で少しだけ触れたように、祖父の弟、平田晋策は児童向けのＳＦ軍事小説の人気作家だった。こちらは戦前に、若くして交通事故で亡くなっている。

文筆を生業とするようになったきわめて早い段階から、私の頭の片隅には、自分も祖父や大叔父のようになってしまうのではないかという懸念がこびりついている。金子光晴が書いているように「寂しさの釣出しにあって」、そして高村光太郎が書いているように「わが詩をよみて人死に就けり」となってしまうのではないかという恐怖感があった。父の不器用さは、明らかに祖父への反動だ。しかし、父のようには生きられない私は、いずれ時代に流されて無様な言葉を書き連ねてしまうかもしれない。いや、いまが、そうなっていないとも、確信を持っては言えないのだが。

第五章だけが突出して長い章立てになっているのは、そういった理由による。この点に興味のある方は、同じ朝日新書から出ている高橋源一郎さんの『ぼくらの戦争なんだぜ』

も併せてお読みいただけると幸いだ。

そもそも朝日新聞社から「古典百名山」の連載依頼が来たのも、一つには高橋さん原作の『日本文学盛衰史』を舞台化し、それがそこそこの評判をとったことにも一因があった。そして高橋さんのその小説と私の舞台の共通の母体として、畏友関川夏央さん原作の漫画『『坊っちゃん』の時代』がある。本書の刊行にあたっては何より、このお二人に感謝の言葉を捧げたい。そして、もちろん、ここに取り上げたすべての先人と、取り上げられなかった、あるいは忘れ去られた父も含めた無名の作家たちにも感謝の気持ちを捧げたい。

もう一点。本書を書くにあたっては、当然のことながらインターネットの「青空文庫」に大変お世話になった。六十一歳で早逝された青空文庫の創始者富田倫生氏に感謝の念が届けばと願う。

『日本文学盛衰史』の戯曲を書いていた時期から新聞の連載、そして本書の執筆に至るまでのこの五年間は、まさに日本近代文学とふたたび向き合う時間だった。あと何本の戯曲が書けるかを指折り数える年齢になって、その原点にもう一度、深く触れる機会が得られたのは幸福なことだったと思う。

私はいま、この「おわりに」を自分が初代の学長を務める兵庫県立・芸術文化観光専門職大学の学長室で書いている。まさか自分が「学長」という職に就くとは思っていなかった。不幸なすれ違いばかりを繰り返してきた日本の演劇史も、やっと公立の大学で実技を教えられるところまでは来た。

自分の好きなことだけを言ったり書いたりしながら学長でいられるほど、きっとこの国とその社会は甘くはないけれど、それでも私は、私の地位よりも私の言葉を守りたいと思う。そのために、心が折れそうになる夜には、たとえば正岡子規を思う。たとえば金子光晴の詩集を開く。

寂しさに釣り出されないために文学はある。また私も、それを欲する誰かのために戯曲を書きたいと願う。

二〇二二年晩秋

平田オリザ

三島由紀夫　みしま・ゆきお（1925-1970）　**202**

小説家、劇作家。1944年、『花ざかりの森』刊行。代表作に『仮面の告白』『禁色』『潮騒』『金閣寺』『鏡子の家』『憂国』『豊饒の海』、戯曲『鹿鳴館』『サド侯爵夫人』など。

宮沢賢治　みやざわ・けんじ（1896-1933）　**128**

詩人、童話作家。詩集『春と修羅』、童話集『注文の多い料理店』を自費出版。病床で長編『グスコーブドリの伝記』『銀河鉄道の夜』などを執筆。晩年の手帳に『雨ニモマケズ』の詩稿を記す。

森鷗外　もり・おうがい（1862-1922）　**20**

小説家、評論家、陸軍軍医。代表作に『舞姫』『うたかたの記』『文づかひ』のドイツ三部作や『山椒大夫』『高瀬舟』などの歴史小説、史伝『渋江抽斎』、翻訳『即興詩人』など。

ヤ行

与謝野晶子　よさの・あきこ（1878-1942）　**62**

歌人、詩人。代表作に歌集『みだれ髪』『小扇』『白桜集』、日露戦争に参加した弟の無事を祈った詩編「君死にたまふこと勿れ」（「明星」）など。

ワ行

若山牧水　わかやま・ぼくすい（1885-1928）　**76**

歌人。尾上柴舟に入門し、柴舟を中心に車前草社を結ぶ。第三歌集『別離』で自然主義的傾向の新しい歌人として注目される。代表作に『路上』『みなかみ』『くろ土』『山桜の歌』など。

火野葦平　ひの・あしへい（1907-1960）　**156**

小説家。詩誌で『山上軍艦』など発表。日中戦争従軍中の『糞尿譚』で芥川賞受賞。ほかに『麦と兵隊』『土と兵隊』『花と兵隊』など。戦後、追放指定。解除後、『花と竜』など発表。

二葉亭四迷　ふたばてい・しめい（1864-1909）　**32**

小説家。代表作に評論『小説総論』、小説『浮雲』『其面影』『平凡』、ツルゲーネフの翻訳『あひゞき』『めぐりあひ』など。新聞社の特派員としてロシアに渡り、帰国の途上死亡。

別役実　べつやく・みのる（1937-2020）　**228**

劇作家。早稲田大学在学中に学生劇団「自由舞台」に参加。1966年、鈴木忠志らと早稲田小劇場を創立。72年、山崎正和らと「手の会」を結成。代表作に『象』『マッチ売りの少女』『赤い鳥の居る風景』など。評論やエッセイも多い。

堀辰雄　ほり・たつお（1904-1953）　**132**

小説家。東京帝国大学在学中に中野重治らと「驢馬」創刊、翻訳を発表。結核を病み、長い療養生活を送る。代表作に『美しい村』『かげろふの日記』『風立ちぬ』『大和路・信濃路』など。

マ行

正岡子規　まさおか・しき（1867-1902）　**46**

俳人、歌人。代表作『俳諧大要』『歌よみに与ふる書』で俳句、短歌革新に着手。『墨汁一滴』『仰臥漫録』『病牀六尺』などすぐれた随筆や日記を発表。34歳で脊椎カリエスで死去。

中島敦　なかじま・あつし（1909-1942）　**164**

小説家。横浜高等女学校の教職中、『狼疾記』『かめれおん日記』『山月記』『文字禍』『光と風と夢』などを執筆。官吏としてパラオに赴任。帰国後、作品が世に出始める。病没後、『李陵』刊行。

夏目漱石　なつめ・そうせき（1867-1916）　**58**

小説家。代表作に『吾輩は猫である』『坊っちゃん』『草枕』、前期三部作『三四郎』『それから』『門』、後記三部作『彼岸過迄』『行人』『こゝろ』など。『明暗』執筆半ばで病没。

ハ行

萩原朔太郎　はぎわら・さくたろう（1886-1942）　**114**

詩人。室生犀星、山村暮鳥と「卓上噴水」、「感情」創刊。代表作に詩集『月に吠える』『青猫』『蝶を夢む』『純情小曲集』『氷島』、詩論『詩の原理』、散文『猫町』など。

林芙美子　はやし・ふみこ（1903-1951）　**152**

小説家。上京後、各種の職に就き、その生活苦を日記風に記した『放浪記』を「女人芸術」に連載、ベストセラーとなる。代表作に『風琴と魚の町』『牡蠣』『晩菊』、長編『浮雲』など。

樋口一葉　ひぐち・いちよう（1872-1896）　**16**

歌人、小説家。半井桃水に師事して小説を書き始める。代表作に『大つごもり』『にごりえ』『たけくらべ』など。24歳で肺結核のため死去。没後、『一葉日記』刊行。

田山花袋　たやま・かたい（1872-1930）　**72**

小説家。国木田独歩らとの合著『抒情詩』刊行後、博文館に入社。日露戦争に従軍し、『第二軍従征日記』刊行。代表作に『蒲団』、三部作『生』『妻』『縁』、『田舎教師』など。

檀一雄　だん・かずお（1912-1976）　**190**

小説家。東京帝国大学在学中に『此家の性格』で認められ、佐藤春夫に師事。『花筐』を刊行後、軍隊生活などで約十年間沈黙。戦後、『リツ子・その愛』『リツ子・その死』『真説石川五右衛門』で好評を博す。代表作に『火宅の人』。

坪内逍遥　つぼうち・しょうよう（1859-1935）　**36**

評論家、小説家、劇作家。近代小説理論『小説神髄』、その応用編『当世書生気質』刊行。小説を離れてからは演劇革新に専念し、『桐一葉』『沓手鳥孤城落月』『役の行者』など。

ナ行

永井荷風　ながい・かふう（1879-1959）　**160**

小説家、随筆家。外遊後、『あめりか物語』『ふらんす物語』で注目される。慶應義塾大学部文学科教授に就任し、「三田文学」主宰。代表作に『つゆのあとさき』『濹東綺譚』『断腸亭日乗』など。

中江兆民　なかえ・ちょうみん（1847-1901）　**50**

思想家、評論家。司法省からのフランス留学、東京外国語学校校長、元老院権少書記官などを経て、東洋自由新聞主筆となる。代表作に『一年有半』『理学鉤玄』『三酔人経綸問答』など。

島崎藤村　しまざき・とうそん（1872-1943）　**54**

詩人、小説家。1893年、北村透谷らと「文学界」創刊。代表作に詩集『若菜集』、長編小説『破戒』『夜明け前』のほか、『春』『家』『新生』など。

タ行

高橋和巳　たかはし・かずみ（1931-1971）　**194**

小説家、中国文学者。京都大学在学中、戦後左翼運動の屈折を経験。代表作に『悲の器』『邪宗門』『散華』など。京大助教授となるが辞職。季刊誌「人間として」の創刊に参加するが、翌年病没。

高村光太郎　たかむら・こうたろう（1883-1956）　**136**

詩人、彫刻家。渡米、渡英、渡仏後、詩作に活路を見いだす。代表作に詩集『道程』『智恵子抄』『典型』など。戦後、連作詩『暗愚小伝』で戦争詩人としての自己を裁断した。

太宰治　だざい・おさむ（1909-1948）　**174**

小説家。井伏鱒二に師事。『逆行』が芥川賞候補となり、第一創作集『晩年』刊行。代表作に『富嶽百景』『女生徒』『走れメロス』『ヴィヨンの妻』『斜陽』『人間失格』など。

谷崎潤一郎　たにざき・じゅんいちろう（1886-1965）　**106**

小説家。東京帝国大学在学中に第二次「新思潮」創刊、『刺青』など発表。代表作に『痴人の愛』『卍』『陰翳礼讃』『細雪』『鍵』『瘋癲老人日記』など。『源氏物語』の現代語訳も手がける。

幸徳秋水　こうとく・しゅうすい（1871-1911）　**80**

思想家。「萬朝報」記者となるが対露非戦を説き退社、平民社を興す。入獄や渡米後、大逆陰謀にひきこまれ刑死。『廿世紀之怪物帝国主義』『社会主義神髄』を記し、遺著に『基督抹殺論』。

小林多喜二　こばやし・たきじ（1903-1933）　**124**

小説家。日本プロレタリア作家同盟の中央委員となり、『蟹工船』発表。『不在地主』が原因で北海道拓殖銀行を解雇され上京、『党生活者』などを発表。東京築地警察署で拷問死。

サ行

坂口安吾　さかぐち・あんご（1906-1955）　**178**

小説家。同人誌「青い馬」に『風博士』『黒谷村』発表。恋愛の悩みを経て、長編『吹雪物語』執筆。「現代文學」同人となる。代表作『堕落論』『白痴』で文壇の寵児となる。

志賀直哉　しが・なおや（1883-1971）　**98**

小説家。「白樺」を創刊し、『網走まで』発表。代表作に『清兵衛と瓢簞』『城の崎にて』『和解』『小僧の神様』、長編『暗夜行路』。積年のテーマである「対立から融和」を結実させる。

司馬遼太郎　しば・りょうたろう（1923-1996）　**216**

小説家。新日本新聞社を経て産経新聞社入社。1957年、「近代説話」創刊。代表作に『梟の城』『竜馬がゆく』『燃えよ剣』『国盗り物語』『坂の上の雲』、紀行文『街道をゆく』など。

岸田國士　きしだ・くにお（1890-1954）　**118**
劇作家、小説家。1928年、「悲劇喜劇」創刊。築地座顧問を経て、文学座を結成。代表戯曲に『古い玩具』『チロルの秋』『牛山ホテル』、小説に『暖流』。ルナールの翻訳にも尽力した。

北杜夫　きた・もりお（1927-2011）　**212**
小説家。1950年、『百蛾譜』を「文藝首都」に投稿。代表作に、水産庁調査船船医としての海外体験を描いた『どくとるマンボウ航海記』、『夜と霧の隅で』『楡家の人びと』など。

北原白秋　きたはら・はくしゅう（1885-1942）　**88**
詩人、歌人。「明星」で活躍。代表作に詩集『邪宗門』、抒情小曲集『思ひ出』、歌集『桐の花』など。「赤い鳥」創刊に協力し、多くの創作童謡を発表。短歌雑誌、詩誌、歌誌も創刊した。

北村透谷　きたむら・とうこく（1868-1894）　**28**
評論家、詩人。代表作に劇詩『蓬莱曲』、評論『厭世詩家と女性』『人生に相渉るとは何の謂ぞ』『内部生命論』など。1893年、島崎藤村らと同人誌「文學界」を創刊する。

国木田独歩　くにきだ・どっぽ（1871-1908）　**42**
詩人、小説家。田山花袋らとの合著『抒情詩』で詩人として出発。代表作に『源叔父』『武蔵野』『牛肉と馬鈴薯』『春の鳥』『窮死』『竹の木戸』など。没後、『欺かざるの記』刊行。

尾崎紅葉　おざき・こうよう（1868-1903）　**24**
小説家。読売新聞社に入社。『伽羅枕』『三人妻』『多情多恨』など次々に代表作を発表。1897〜1902年に読売新聞紙上に『金色夜叉』を連載したが、死により未完となる。

織田作之助　おだ・さくのすけ（1913-1947）　**182**
小説家。1940年、同人雑誌に『夫婦善哉』発表。代表作に『青春の逆説』『わが町』『世相』『競馬』『土曜夫人』、大阪の将棋棋士坂田三吉を題材とした評論『可能性の文学』など。

カ行

開高健　かいこう・たけし（1930-1989）　**208**
小説家。壽屋に勤務し、コピーライターとして活躍。1958年、『裸の王様』で芥川賞受賞。代表作に、ベトナム戦争体験を描いた『輝ける闇』に続く三部作『夏の闇』『花終わる闇（未完）』。

金子光晴　かねこ・みつはる（1895-1975）　**168**
詩人。第一詩集『赤土の家』刊行後、渡欧。帰国後、『こがね蟲』を刊行し、アジアや欧州を放浪。代表作に『鮫』『マレー蘭印紀行』『落下傘』『蛾』『鬼の児の唄』『人間の悲劇』など。

川端康成　かわばた・やすなり（1899-1972）　**102**
小説家。「文藝時代」創刊を経て『伊豆の踊子』刊行。代表作に『抒情歌』『禽獣』『雪国』『山の音』『眠れる美女』など。1968年、ノーベル文学賞を得て『美しい日本の私』を講演。

泉鏡花　いずみ・きょうか（1873-1939）　**84**

小説家。尾崎紅葉の玄関番となり、第一作『冠弥左衛門』発表。観念小説と呼ばれた『夜行巡査』『外科室』のほか、ロマン的神秘的作風に『照葉狂言』『高野聖』『春昼』『春昼後刻』など。

井上ひさし　いのうえ・ひさし（1934-2010）　**220**

劇作家、小説家。上智大学在学中から戯曲、放送台本を書く。1971年の『道元の冒険』で芸術選奨新人賞、岸田國士戯曲賞受賞。代表作に『しみじみ日本・乃木大将』『小林一茶』『吉里吉里人』など。

井伏鱒二　いぶせ・ますじ（1898-1993）　**146**

小説家。1923年、同人誌「世紀」に『幽閉』（のち『山椒魚』と改題）発表。代表作に『屋根の上のサワン』『ジョン万次郎漂流記』『本日休診』『駅前旅館』『黒い雨』など。

江戸川乱歩　えどがわ・らんぽ（1894-1965）　**142**

推理小説家。多彩な職業遍歴後、『二銭銅貨』発表。代表作に『D坂の殺人事件』『屋根裏の散歩者』『人間椅子』『陰獣』『押絵と旅する男』、『怪人二十面相』の児童ものなど。

大岡昇平　おおおか・しょうへい（1909-1988）　**186**

小説家。京都帝国大学在学中、同人誌「白痴群」参加。帝国酸素などに勤務後、召集され米軍の俘虜となりその後復員。代表作に『俘虜記』『武蔵野夫人』『野火』『花影』『レイテ戦記』など。

作家索引／略歴

ア行

芥川龍之介　あくたがわ・りゅうのすけ（1892-1927）　**94**

小説家。東京帝国大学在学中に菊池寛らと第三次「新思潮」創刊。代表作に『羅生門』『鼻』『芋粥』『地獄変』『藪の中』『戯作三昧』『蜜柑』『秋』。遺稿に『河童』『或阿呆の一生』など。

安部公房　あべ・こうぼう（1924-1993）　**198**

小説家、劇作家。1948年、埴谷雄高らの尽力により『終りし道の標べに』刊行。代表作に『壁—S・カルマ氏の犯罪』『砂の女』『他人の顔』『方舟さくら丸』、戯曲『幽霊はここにいる』など。

有島武郎　ありしま・たけお（1878-1923）　**110**

小説家。欧米留学を経て「白樺」創刊に参加。代表作に『カインの末裔』『生れ出づる悩み』、本格的リアリズム文学とされる長編『或る女』、評論『惜みなく愛は奪ふ』『宣言一つ』など。

石川啄木　いしかわ・たくぼく（1886-1912）　**68**

詩人、歌人、評論家。19歳で第一詩集『あこがれ』刊行。代表作に歌集『一握の砂』『悲しき玩具』、詩集『呼子と口笛』、評論『時代閉塞の現状』など。

石牟礼道子　いしむれ・みちこ（1927-2018）　**224**

小説家、詩人。1969年、『苦海浄土—わが水俣病』発表。『天の魚』『神々の村』と合わせて三部作となる。ほかに『椿の海の記』『西南役伝説』、詩集『はにかみの国』など。

平田オリザ　ひらた・おりざ
1962年東京都生まれ。劇作家、演出家、劇団「青年団」主宰。芸術文化観光専門職大学学長。江原河畔劇場・こまばアゴラ劇場芸術総監督。国際基督教大学教養学部人文科学科卒業。94年初演の『東京ノート』で翌年第39回岸田國士戯曲賞受賞。98年『月の岬』で第5回読売演劇大賞優秀演出家賞、最優秀作品賞受賞。2001年初演の『上野動物園再々々襲撃』で翌年第9回読売演劇大賞優秀作品賞、02年『その河をこえて、五月』で第2回朝日舞台芸術賞グランプリ、ほか受賞多数。18年初演の『日本文学盛衰史』（原作／高橋源一郎）で翌年第22回鶴屋南北戯曲賞受賞。主著に『芸術立国論』（集英社新書）、『わかりあえないことから――コミュニケーション能力とは何か』『下り坂をそろそろと下る』（共に講談社現代新書）、小説『幕が上がる』（講談社文庫）など。

朝日新書
892

名著入門《めいちょにゅうもん》

日本近代文学50選

2022年12月30日第1刷発行

著　者　平田オリザ

発行者　三宮博信
カバーデザイン　アンスガー・フォルマー　田嶋佳子
印刷所　凸版印刷株式会社
発行所　朝日新聞出版
〒104-8011　東京都中央区築地5-3-2
電話　03-5541-8832（編集）
　　　03-5540-7793（販売）

Published in Japan by Asahi Shimbun Publications Inc.
ISBN 978-4-02-295200-4
定価はカバーに表示してあります。

落丁・乱丁の場合は弊社業務部(電話03-5540-7800)へご連絡ください。
送料弊社負担にてお取り替えいたします。